京都くれなゐ荘奇譚（三）

霧雨に恋は呪う

白川紺子

PHP
文芸文庫

○本表紙デザイン＋ロゴ＝川上成夫

目次

凪《なぎ》 高良《たから》

高校生の姿をしている蠱師だが、実は古代中国の時代から転生を繰り返す「千年蠱」。澪に「呪いを解きたいなら、俺を殺せ」と迫る。邪霊を食べて生きており、京都の北東・八瀬《やせ》の屋敷に住む。職神は、虎の於菟《おと》と烏《からす》の夜尺斯《やさかし》。

和邇波鳥《わになとり》

「千年蠱」の支援者である蠱師一族の娘で巫女。澪の護衛を務めるため、転校してくる。

日下部出流《くさかべいずる》

漣の大学の同級生。「千年蠱」を倒そうとしてきた一族。職神は、白鷺《しらさぎ》。

和邇青海《わにあおみ》

波鳥の兄で、高良の世話係。

友人

小倉茉奈《おぐらまな》

澪の高校の友人。

イラスト：げみ

～澪と高良をめぐる人々～

「くれなゐ荘」の住人と蠱師たち

麻績《おみ》 澪《みお》

長野の蠱《まじない》師《し》の一族で、京都の高校に通う巫女《みこ》。「千年蠱《せんねんこ》」の呪いにより、「二十歳まで生きられない」と言われて育つ。窮地に陥った澪を助けてくれる相棒は、職神《しきがみ》（精霊）の白い狼・雪丸と狸の照手《てるて》。

麻生田《おうだ》八尋《やひろ》

三重県出身の蠱師。澪の師匠で民俗学者。職神は、松風と村雨《むらさめ》という白狐。

麻績《おみ》 漣《れん》

澪より２歳年上の兄。澪を守るために京都の大学に進学し、「くれなゐ荘」の住人になる。蠱師としては、まだ半人前。職神は、朧《おぼろ》と颪《おろし》という狼。

忌部《いんべ》朝次郎《あさじろう》

京都の一乗寺で蠱師の下宿屋「くれなゐ荘」を営む元蠱師。

忌部《いんべ》玉青《たまお》

朝次郎の妻。「くれなゐ荘」を取り仕切る料理上手。

京都くれなゐ荘奇譚㈢——霧雨に恋は呪う

この子の七つのまじないに

初夏の緑が騒がしい。木の葉がしゃべるわけではないが、この時季になると、澪《みお》はいつもそう思う。

桜が終わり、若葉が芽吹《めぶ》いたかと思うと、あっというまに緑は濃密さを増してゆく。青々と生《お》い茂《しげ》る葉の息吹《いぶき》は周囲を圧倒し、あらゆるものを覆《おお》い尽くしてしまう。息苦しいほどの緑のにおいに包まれる。山と田畑に囲まれた土地に生まれ育ったから、そう感じるのだろうか。

ありがたいことに、この時季は緑の勢いに圧《お》されて、邪霊《じゃれい》も鳴りを潜《ひそ》める。ふだんであれば木陰《こかげ》に、道端《みちばた》に、黒い陽炎《かげろう》のようにわだかまり、揺れている邪霊が、薄く淡く、木漏《こも》れ日に消えかけている。澪には、ほっと息をつける季節だった。それも梅雨《つゆ》入りが近づくまでの、ほんのすこしのあいだだが――。

死霊《しりょう》、怨念《おんねん》、呪詛《じゅそ》、そうした禍々《まがまが》しいものを、邪霊と呼ぶ。その邪霊を祓《はら》うことを生業《なりわい》としているのが蠱師《まじないし》であり、澪の生家もまた、蠱師の一族だった。

「おまえは二十歳《はたち》まで生きられないよ」

澪ははっとふり返る。薄い影を帯びた陽炎が、いやな嗤《わら》い声を響《ひび》かせた。邪霊は澪につきまとい、煩《わずら》わせ、予言を告げる。幼いころからずっと。

「澪ちゃん、どうしたん？」

前を歩く茉奈《まな》が足をとめ、けげんそうに問う。隣《となり》で波鳥《なとり》が心配そうに澪を見あげている。澪は乱れかけた呼吸を整え、「なんでもない」と足を速めた。淡い邪霊は、追いかけてはこない。それほどの力もないようだ。ただ澪を嗤うだけ。

神社の鳥居《とりい》の前でふり返ってみると、邪霊の姿はもうなかった。

この日、澪は学友の茉奈と波鳥とともに、学校近くの神社に来ていた。昨年の秋に長野からここ京都に転校してきた澪にとって、茉奈は最初にできた友人である。小倉《おぐら》茉奈という。身軽そうなショートカットに、リスのようなくりくりした目がよく動き、表情も豊かだ。澪と違って。

澪は重たく長いストレートの黒髪に、切れ長の冷たそうな目をしている。そのうえ、感情があまり顔に出ない。クールでええやん、と茉奈は言うが、澪はもっと、やわらかい雰囲気《ふんいき》の容貌《ようぼう》であればよかったのに、と思うことがある。容貌ではなく、性格の問題かもしれないが。

そういった意味では、波鳥もまた澪とは真逆だった。小柄《こがら》で、肩までの栗《くり》色の髪、瞳《ひとみ》の色素は薄く、皮膚も薄いので、血管が透《す》けて見える肌《はだ》は青白い。とてもきれいな子なのに、それを恥じるようにいつもどこか遠慮がちで、頼りなげで、儚《はかな》い印象があった。

波鳥はこの春、転校してきたばかりの少女で、転校してきた理由は澪の護衛のためだという。澪とおなじ蠱師の一族で、澪は麻績《おみ》家、波鳥は和邇《わに》家、おなじといっても複雑な違いがあるのだが、友人であることには違いなかった。

「ほんとに鼠《ねずみ》なんだね」

澪は身をかがめて目の前の石像を眺《なが》めた。狛犬《こまいぬ》ならぬ、狛鼠が一対《つい》、並んでいる。鹿ヶ谷《ししがたに》にある大豊《おおとよ》神社の境内《けいだい》、その片隅《かたすみ》に祀《まつ》られた祠《ほこら》の前だ。つぶらな目をした鼠の石像はなんともかわいらしく、愛嬌《あいきょう》がある。

「かわいいやろ」

茉奈はどこか誇らしげに胸を反《そ》らして言う。「椿《つばき》の時季やったら、花が添えてあってもっとかわいいんやけど」

いまは苔《こけ》むした台座にお賽銭《さいせん》が置かれているくらいである。

「冬につれてきたらよかったなあ。椿が咲いたら、また来よ」

うん、と澪も波鳥もうなずき、めいめいが携帯電話で写真を撮った。どういう話の流れだったか、学校の近くにある神社に狛鼠がいる、と茉奈が言うので、放課後、皆で見に来ることになったのである。来てみれば狛鼠だけでなく、狛巳《へび》やら狛鳶《とび》やらもいたので驚いた。澪の生家は神社だが、いるのはふつうの狛犬だ。

「なんで鼠なんか、知らんけど」

と言う茉奈に、

「稲荷《いなり》の狛狐《ぎつね》みたいに、神様の使いなんじゃないの？」

と澪は言う。ここの祠に祀られているのは大国主命《おおくにぬしのみこと》らしい。澪は神社の娘ではあるものの、よその神様のことにまで詳《くわ》しいわけでもない。

「大国主命……出雲《いずも》の神様だっけ？　因幡《いなば》の白兎《しろうさぎ》の……あれ、兎じゃないんだね」

おぼろげな記憶を頼りにつぶやくと、

「兎は大国主命に助けられましたけど、鼠は、大国主命を助けてくれたんですよ。それで大国主命の使いは鼠だと言われてるんです」

と波鳥が説明してくれた。

「へえ、物知りやな、波鳥ちゃん」

茉奈が感心すると、「兄からの受け売りで……」と波鳥は恥ずかしそうにした。

「ええなあ、お兄ちゃん」

弟妹《ていまい》のいる長女の茉奈は、しきりにうらやましがる。

「澪ちゃんにもいてはるし。ええなあ」

「そんなにいいものでもないよ」

冗談《じょうだん》とも本気ともつかない調子で言われるので、返答に困る。

「ほな、ちょうだい」

「『一日お兄ちゃん』とか、どやろ」

「波鳥ちゃんのお兄さんはともかく、漣兄《れんにい》は愛想《あいそ》ないからつまらないと思うけど」

澪には漣という兄がいるが、ケンカばかりしている気がする。いっぽう波鳥とその兄の青海《あおみ》は、おたがい労《いたわ》り合っているような雰囲気があった。たしかに波鳥と青海のような関係であれば、うらやましいかもしれない。

いや、でもやさしい漣兄なんて気味《きみ》悪いし——などと思っていると、携帯電話が震《ふる》えた。見れば、とうの漣からの着信だった。

「なにかあったの？」と電話に出ると、「なにもなかったら電話なんかしない」と返ってくる。こういう兄である。

だが、つづいて発せられた言葉に、澪は愕然《がくぜん》として憎まれ口もたたけなかった。

「八尋《やひろ》さんが車で事故って病院に運ばれた」

麻生田《おうだ》八尋は、三重《みえ》出身の蠱師であり、澪の師匠《ししょう》でもある。民俗学者でもあるそうで、妙なことにやたら詳しい。いつも飄々《ひょうひょう》として、何事にもあまり動じないひとだ。そのひとが頭に包帯を巻いて病院のベッドに横たわっている。澪は思っていた以上に自分が動揺していることに気づいて、なおさらうろたえた。波鳥が青い顔で澪の腕にしがみつくので、しっかりしなくては、とどうにか落ち着く。

「額《ひたい》を二針《はり》ほど縫うただけや。骨折もしとらんし、なんともないで」

八尋は手をふって笑った。

「頭打っとるもんやから、脳やら眼底やらの検査で一日入院せなあかんけど、それだけ」

澪は向かいに立つ漣や玉青《たまお》、朝次郎《あさじろう》を見る。忌部《いんべ》玉青と朝次郎は、京都の北東、一乗寺《いちじょうじ》で蠱師の下宿屋『くれなゐ荘』を営《いとな》む夫婦で、八尋、澪、漣、波鳥たちは皆そこで暮らしている。

漣は冷静な面持《おもも》ちでうなずいたが、「検査してみな、わからへんやないの」と玉青は心配顔で言い、「頭打ったときは、怖《こわ》いでな」と朝次郎も渋面《じゅうめん》を作っている。ふたりとも、「検査結果が出るまで、おとなしゅうしとき」で意見が一致した。

八尋は苦笑を浮かべている。身内のひとに連絡しなくていいのか、と澪は尋《たず》ねかけたが、誰も口にしないのでやめた。八尋は実家と折り合いが悪いらしい。

「……車での事故って、どんなだったんですか？」

ひとまずそう訊《き》くと、

「自損事故」

と八尋は端的《たんてき》に答えた。

「ガードレールにぶつかったんですよね」と漣が補足する。

「そうそう。参ったわ。僕《ぼく》、いままで無事故無違反やったのに」

「自分が怪我《けが》するだけですんで、よかったやないの」

さきほどは八尋の怪我を心配していた玉青が言う。「点数引かれへんし、車も修理したら乗れるんやろ」

「まあそうですけどね」

「安全運転の麻生田さんが、めずらしいですね」

澪はたびたび八尋の車に同乗するが、案外八尋は几帳面《きちようめん》な運転をするのである。乱暴な運転をするところを見たことがない。

「はは……ま、油断したわ」

のんびりと笑う八尋の言葉のすみっこに、ほんのりと苛立《いらだ》ちと悔《くや》しさがにじんでいるのを、澪は感じとった。ピンとくる。

「依頼絡《がら》みなんですか」

「さすがに勘がええな」

「今日、依頼の予定ってありませんよね？」

日にちを忘れがちな八尋のスケジュールを管理しているのは、澪なのである。

「よう覚えとるな。そのとおり、なかったんやけどな、知り合いの住職から急に頼まれて」

急遽《きゆうきよ》、お祓いを頼まれるというのは、わりあいあるのだと、八尋は言う。

「ほんで、お寺まで行って、話聞いて、引き受けることにしたんやけど……読み誤《あやま》ったんかな」

八尋の視線が漣たちのほう——窓のほうに向けられる。漣が体をずらした。窓の手前、ベッドの脇《わき》に棚《たな》があり、そこに風呂敷《ふろしき》包みが置かれていた。長方形の箱を包んでいるらしい形だ。

「人形やねん」

ぽつりと八尋は言った。

「御所《ごしよ》人形。見たらわかるけど、童子《わらべ》の姿をした人形や。高齢のご婦人が持ってたものらしいんやけど、そのひとが最近亡くなったもんやから、親戚のひとがもらい受けたんやと。そしたら子供の声が聞こえるやら足音がするやらで気味悪いて、お寺に持ち込まれたんや。そこで供養《くよう》するはずやったんやけど、気づいたら人形がない。親戚の手もとに戻っとる。こらあかん、手に負えへん、てことで、僕に連絡してきた」

それで八尋が引き受けることになった。

「引き受けたということは、祓える自信があったからですよね」

澪がそう言うのは、つねづね八尋は『無理なものは無理、祓えないと思うものは引き受けるな』と言っているからだ。

「澪ちゃんは容赦《ようしゃ》ないな」と八尋はわざとらしくため息をついた。澪に指摘されたところでへこむようなひとではない。

「せやから、読み誤ったんかな、て。声がする、足音がする、くらいなら、そう悪意のあるもんとちゃうから。そう思たんやけどな。——子供が急に飛び出してきたように見えたんや」

八尋は宙《ちゅう》を見つめた。

「車の前に。あわてて避けようとして、ガードレールにぶつかった。まあ、それですんでよかったわ。警告やろな」

確認しても子供の姿などどこにもなく、ドライブレコーダーにも映っていなかった。

澪は風呂敷包みを見やる。邪霊の黒い陽炎は見えない。だが、妙に重苦しい、そのなかに得体《えたい》の知れないものが詰まっている、そんな気配《けはい》がした。

「人形はあかん」首をふって言ったのは、朝次郎だ。「俺《おれ》は引き受けたことがない。祓えるとか、祓えへんとか、そういう問題やない。たちが悪いんや。人形のなかに入ってるようなもんは、たいてい底意地が悪いもんやさかい」

朝次郎は、八尋に輪を掛けて合理的というか、きっぱりとしたひとだ。線引きが明確である。

「でも、八尋さんはもう引き受けてしもたんやろ？」

玉青が言う。玉青は一見、冷たそうに見えて、存外、情に流されやすいひとだ。くれなゐ荘に暮らしはじめてから、澪はそれを知った。

「引き受けましたし、祓えんとは思いません。祓います」

八尋の返答は、毅然《きぜん》としていた。

「とはいえ、僕はこのとおり入院せなあかんので、お願いがあるんですけど」

「……あの人形のこと？」

玉青が風呂敷包みをふり返る。

「僕が退院するまで、くれなゐ荘で預かってもらえませんか。明日には退院できるはずですから」

玉青はちらりと横の朝次郎を見あげる。朝次郎は予想していたのか、ため息をついた。

「こればっかりは、しゃあないな。貸しにしとくわ」

「借りができるいっぽうですね」

八尋は笑った。いつごろから八尋がくれなゐ荘とかかわりがあるのか、澪は知らない。

「ほんで、澪ちゃんにも頼みがあるんやけど」

その言葉に、漣が眉《まゆ》をひそめた。「八尋さん――」

八尋は漣に向かって手をふり、「危《あぶ》ないことやない」と笑う。

「人形をお寺に持ち込んだひとな、宝来《ほうらい》さんて言うんやけど、そのひとのところに明日、話を聞きに行くつもりやったんや。住職にそうお願いしてあって。せやから、とりあえず話だけ聞いてきてほしいんや」

おあつらえ向きに、明日は日曜である。澪はうなずいた。「わかりました」

住職の名前やら宝来氏の住所やらの詳細をメモして、病室をあとにする。風呂敷包みは、漣が持とうとしたのをとめて、朝次郎が持った。「こういうもんは、幼児か年寄りが持つのがええ」と言って。

「よろしくお願いします」と、八尋は朝次郎だけでなく、澪たちに向かって頭をさげた。廊下《ろうか》の奥で子供の走る軽い足音が響く。病院で走るものではない。そんなことを思いながら、エレベーターに向かった。

帰路でなにかしら事故に遭《あ》いはしないかと、内心ひやひやしていたが、澪たちを乗せたタクシーは無事にくれなゐ荘に着いた。くれなゐ荘は、その名のとおり紅葉《もみじ》や椿など紅《あか》い花木《かぼく》に彩《いろど》られた山荘だが、さすがにいまの季節は濃い緑に包まれている。朝次郎はまっすぐ仏間に向かい、風呂敷包みを畳《たたみ》の上に置いた。そのまま包みをほどきもせずに仏間を出ていこうとするので、澪は「なかを見ないんですか？」と尋ねた。「それとも、見ないほうがいいとか……？」

朝次郎はちらと風呂敷包みに目をやり、すぐに顔を背《そむ》けた。「べつに見たらあかんことはないけど、俺はええ」とそっけなく言い、去っていった。

「あのひと、人形が苦手《にがて》やから」玉青が朝次郎のうしろ姿を見やり、苦笑する。病院でも、そんなふうなことを言っていたな、と澪は思い返す。

「引き受けたことないて言うてたけど、いっぺんだけ、人形絡みのお祓い、やったことがあるんよ。それでさんざんな目に遭《お》うたみたいで、それ以来、人形はお断り」

「へえ……」

あの朝次郎が、そこまでいやがるほどのなにがあったのだろう。想像するのも怖い気がした。

「それにそのときの人形も御所人形やて言うてたさかい、よけいあかんわ。見るのもいやなんやろ」

御所人形、というものを澪は知らない。玉青は風呂敷包みの前に膝《ひざ》をついた。澪、漣、波鳥も包みを取り囲むように座る。玉青が結《むす》び目をほどくと、桐箱《きりばこ》が現れる。蓋《ふた》をとると、布にくるまれた人形があった。なかにあったのは、丸々とした赤ん坊姿の人形だった。なんとなく、おかっぱ頭に振《ふ》り袖《そで》姿の典型的な日本人形を思い描いていた澪は、意外に思った。

もっちり、ふっくらとした赤ん坊特有の体つきに、あどけない無垢《むく》な笑い顔。三《み》日月形《かづき》に細められた目と、ほんのすこし開いた口、ふくよかな頰《ほお》が愛らしい。赤い縮緬地《ちりめんじ》に鶴亀《つるかめ》を金銀で刺繡《ししゅう》した腹掛けとちゃんちゃんこを身につけている。髪は植え付けられてはおらず、墨《すみ》で描き込まれていた。坊主頭《ぼうずあたま》に近い短い髪を、頭頂部で結んだように描かれている。足を曲げて座り、手は前方に伸ばしている格好《かっこう》だ。全体的に丸みを帯びた、かわいらしい人形だった。

「品のええ顔や。御所人形はな、こういう丸々した子供の人形なんや。嵯峨《さが》人形が起源て言うてたかな、朝次郎さんは。生まれた子供の厄除《やくよ》けとか、お守りに贈られたりもするって。あたしは詳しくないから、よう知らんけど。木彫りに胡粉《ごふん》を塗《ぬ》り重ねてあってな、保管状態が悪いと表面がひび割れたりするんやけど、これはきれいなもんや。着物もちっとも汚れてへんし、色褪《いろあ》せてもない。大事にされてたんやねえ」

玉青は人形の頰を撫《な》でる。たしかに愛らしい人形ではあるだろうが、澪は、どうもそれを撫でて愛《め》でたいとは思わなかった。なんだろう。無邪気《むじゃき》な、かわいらしい笑《え》みを浮かべた人形なのに。

澪だけでなく、漣も、波鳥も押し黙《だま》って、人形を見つめていた。いちように、気味の悪いものを見る目を向けている。

「なに、どないしたん」

玉青がけげんそうに皆を眺める。漣が澪に視線を投げかける。なにか言えよ、とうながしている。自分が言えばいいのに、と澪は思い、黙って漣をにらんだ。思い切ったように口を開いたのは、波鳥だった。

「……それ……空《から》じゃない、ですよね……」

青い顔をして、人形から目をそらし、畳を見ている。

――空じゃない。

そうだ、と思った。それだ。気味の悪さの正体《しょうたい》。

「『詰まってる』……感じがするよね」

人形のなかに、なにか詰まっている。みっちりと、満ちている。そんな気がするのだ。邪霊の姿はないのに、気配はある。奥底に身を潜め、隠れている。――いやな感じだった。

玉青は澪と波鳥を眺めると、人形を布で丁寧《ていねい》に包み直して、無言のまま、箱に収めた。蓋を閉めて、咳払《せきばら》いする。

「ほな、ここに置いとこか。忌部のご先祖さんが見張ってくれはるやろ」

長押《なげし》にはくれなゐ荘の代々の主人のものだろうか、遺影が並んでいる。玉青は仏《ぶつ》壇《だん》の鈴《りん》をひとつ鳴らして手を合わせると、足早《あしばや》に仏間を出ていった。

澪は箱に手を伸ばし、蓋をとる。「おい」と漣がとめたが、「人形じゃなくて」と澪は言った。

「さっき玉青さんが閉めたときに、裏に文字が見えたから」

蓋を裏返す。人形を作ったひとの名前なり屋号なりが書かれているのかと思ったが、違った。いや、ひとの名前ではあるらしい。『太一』と墨書きがしてあった。

「『太一《たいち》』……人形の名前……じゃないよね。子供の名前？」

生まれた子供の厄除けやお守りに贈られたりすると、玉青が言っていた。

「贈った相手の子供の名前かな」

「持ち主は高齢の女性だったんだろ」

じゃあ――と考えを巡《めぐ》らし、澪は蓋をもとに戻した。いやなことを考えそうになったからだ。

この人形を贈られた子供は、死んでしまったのでは――と。

その晩のことである。

澪は風呂《ふろ》からあがり、濡《ぬ》れた髪をタオルで拭《ふ》きながら、自室に向かった。廊下は暗いが、明かりをつけねば歩けないほどではない。澪はいつも明かりはつけずに部屋まで行く。歩くたび床板《ゆかいた》が軋《きし》んだ音を立てた。

なんだか今夜は肌寒いな、と気づいたのが、最初だった。肌寒いというより、足もとが妙に冷える。冷蔵庫を開けっぱなしにしたときに漂《ただよ》ってくる冷気のような、ひんやりとした空気を感じた。

たたたっ……という軽い足音がした。畳の上を子供が走るような。澪は立ち止まり、左右を眺める。両側に部屋はあり、どちらも和室である。というよりも、くれなゐ荘は台所や洗面所といった場所以外、いずれも和室だった。また、たたっ……と足音がする。どこから聞こえるのかわからない。走り回っているのではなく、途《と》切《ぎ》れ途切れに、違う方向から、急に聞こえる。

甲高《かんだか》い子供の笑い声がした。幼児の声だ。澪はタオルを握りしめ、どう対処すべきか迷った。くれなゐ荘に幼児はいないし、異様なことが起こっているのはわかっている。放っておけばいいのか。それとも、雪丸《ゆきまる》を呼べばいいのか。雪丸は白い小さな狼《おおかみ》の姿をした、澪の職神《しきがみ》である。正確には神使いであるらしいが。雪丸なら、ちょっとした怪異なら追い払えるだろう。いつも澪にまとわりつく邪霊を追い払ってくれている。

だが、それでいいのかどうか、わからない。澪の脳裏《のうり》には仏間の御所人形が浮かんでいた。いままでこんなことはなかったので、どう考えてもあれが原因だろう。下手《へた》に追い払って、より悪い事態になったら——と迷っていると、笑い声とともにそばの障子《しょうじ》ががたがたと揺れて、びくりとした。驚いた澪の反応を面白《おもしろ》がるように幼児の声が笑い、さらに障子が揺れる。揺れながら、障子がすこしずつ開いてゆくことに澪は気づいた。細い暗闇《くらやみ》が見える。がたがたっと障子は左右に揺れて、ますこし開く。指が入りそうなくらいの隙間《すきま》があく。澪は息を殺して暗闇を眺めていたが、そこからなにかがのっそりと出てくる、ということはなく、揺れもとまった。なんだろう、と訝《いぶか》るうち、視界の下のほうに白いものがちらりと見えて、目を凝《こ》らした。障子の下端、澪の脛《すね》くらいの高さに、小さな白い指がかかっていた。

——子供の指だ。

思わずあとずさり、うしろの障子にぶつかった。指は障子の端《はし》をつかんで、ががたと揺らし、開けようとしていた。ずずっと障子が動いて、暗闇が広がる。逃げだしたいのに、足が固まって動かない。隙間から手が出てくる。白く小さな手だった。手は上下左右をさぐるようにうごめく。うごめく、としか表せない。ひとの動きではなかった。虫の脚《あし》の動きに近い。それが前方に向けて、つまり澪のほうに向けて出てこようとしたとき、耐《た》えきれずに悲鳴がお腹《なか》のなかからあがってきた。

いまにも叫《さけ》びそうになった瞬間、小さな手はなにか熱いものにでも触れたように、さっと引っ込み、障子の隙間の暗闇に消えた。笑い声も足音もしない。冷気がやわらぐ。静まりかえった廊下に、澪の荒い息だけがやけに大きく聞こえた。

「……なに……なんで……」

急にいなくなった。雪丸を呼んでもいないのに。あたりを見まわすと、暗い廊下の片隅になにかがうずくまっているのが見えて、ひっと声が洩《も》れる。だが、すぐに安堵《あんど》の息をついた。

「照手《てるて》」

澪はしゃがみ込み、その名を呼ぶ。いたのは照手、狸《たぬき》の職神だった。もとはほかのひとの職神だった狸なのだが、いまは澪とともにいる。照手はとことこと寄ってきて、澪の腕のなかに収まった。体を撫でて抱きあげる。毛並みはふかふかで、抱《かか》えていると安らいだ気持ちになる。照手はひくひくと鼻を動かしていた。つぶらな黒い瞳はなにを考えているのだかわからない。

照手が来たから、さっきの手は退《ひ》いたのだろうか。澪はいまだ照手にどんな力があるのだか知らない。

やわらかな毛に顔をうずめたとき、悲鳴が聞こえた。

波鳥の悲鳴だ。澪は照手を抱えたまま、波鳥の部屋へと走った。波鳥の部屋は澪の部屋の隣にある。駆けつけると、波鳥は部屋の入り口あたりでうずくまっており、漣がその手前の廊下に立っていた。

「どうしたの？」

澪もあわてて駆けより、波鳥の肩に手を置く。波鳥は青い顔で澪を見あげた。

「こ、子供が……」

波鳥は震える声で言った。

「子供が突然、壁《かべ》のなかから飛び出してきたんです」

なんの前触れもなく、突然だったという。

「ぱっと……走り出てきて。小さな子でした。幼稚園児くらいの。姿形まではよくわかりませんでした。一瞬のうちに現れて、あっというまに戸の向こうに走って消えた……と思ったら、戸が」

がたがたっと激しく揺さぶられたのだという。次いで、ガラスが割れんばかりの勢いでたたかれた。ガラス戸は内側にカーテンがあって、外からは室内が見えないようになっている。だから、戸の向こう側になにがいるのか、波鳥には見えなかった。そのあいだにもガラス戸はたたかれるので、割れてしまうのではないかと恐怖に駆られて、波鳥は思い切ってカーテンを開けたのだという。

「そしたら……」

ガラスにぺたりとくっついた手のひらが見えた。小さな、小さな手のひらだったと波鳥は言う。幼児の手だったと。その手が何度も、容赦なくガラスをたたいた。そんな大きな音がしたなら向かいの部屋にいる漣にも聞こえたはずだが、漣はなにも聞こえなかったという。

「あんまり怖くて、叫んでしまいました。驚かせてすみません」

「そんなのは、べつにいいけど……」

澪はガラス戸をふり返る。つぶさに眺めても、手のひらの跡は見つけられなかった。いつのまにか、部屋の前に朝次郎と玉青もいる。

「ご先祖様は、役に立たへんのやろか」

玉青が憂《うれ》いを帯《お》びた調子で言い、

「聞いてたよりいたずらがひどいな」

朝次郎は渋面になっている。たしかに、聞いていた話では子供の声がするの、足音がするの、その程度だったはずだが。

澪は、さきほど自《みずか》らが体験したことも話した。漣が、「なんですぐ俺を呼ばないんだよ」と眉間《みけん》に皺《しわ》をよせたが、それなら雪丸を呼んだほうが早い。そう言うと漣はますます不機嫌《ふきげん》そうな顔になった。

「蠱師のとこにつれてこられて、怒ってるんとちゃう？」

玉青が言う。

「怒ってるというよりは、楽しんでるんやろう。いたずら坊主や」

朝次郎はため息をついた。

「脅《おど》かすくらいのもんやったら、しんぼうして、下手にやり返さんほうがええ。あいうもんは怒らせると面倒になるさかい」

澪も漣もうなずいたが、波鳥は「はい……」と言いつつも涙目になっている。澪は抱えていた照手を波鳥の膝にのせた。

「照手、波鳥ちゃんを守ってあげて」

言い聞かせるように照手のつぶらな瞳を覗《のぞ》き込む。

「澪さん――」

「わたしは雪丸がいるから」

ちょっと考えて、「漣兄も」とつけ加えた。

「さっきは照手が来たら、あの小さい手は消えたの。だから、照手がいたら大丈夫」

波鳥は膝の上の照手を見つめ、その背をおそるおそるといった体《てい》で撫でた。照手は一度ちらと鼻先をあげて波鳥を見あげたが、すぐに身を伏せ、目を閉じた。『撫でてよし』ということである。撫でるうちに気持ちが落ち着いてきたらしく、波鳥は澪のほうを見て、はにかんだ笑みを浮かべた。

「照手を撫でてると、落ち着くでしょ」

「はい。ふわふわして、ほっとします」

「ね」

澪も笑う。

「布団《ふとん》持ってくるから、今日は一緒に寝よう」

「え……いえ、そこまでしていただくわけには」

「寝てるときにあれがやってきたら、いやじゃない？　わたしはいや」

波鳥はひかえめにうなずいた。「いやです」

「ふたりでいれば、怖くないから。じゃ、持ってくるね」

そう言って立ちあがる。漣がめずらしいものを見る目で澪を眺めていた。

「なに？」

「いっぱしの口をきくようになったな」

馬鹿にしてるのか、と思ったが、黙って自分の部屋に向かった。身内に見せる顔と、友人に見せる顔はたぶん違う。それを漣に見られているのが気恥ずかしくなった。

「女の子同士はこういうとき、ええもんやねえ。せやけど、漣くんがひとりになってしまうなあ。八尋さんがいてくれはったら、よかったんやけど」

という玉青の言葉に、

「八尋さんがいたとしても一緒には絶対寝ません」

と漣はきっぱり答える。

「怖くなったら、わたしを呼んでもいいからね」

澪が言うと、じろりとにらまれた。

人形の供養を寺の住職に頼んだ宝来氏というのは京都市内に住んでいるそうなのだが、電話してみると今日は宇治《うじ》の六地蔵《ろくじぞう》にいるという。人形の持ち主だった女性宅の片づけに行っているそうで、その家が六地蔵にあるのだ。澪は漣と波鳥とともに、そちらに向かうことにした。代理で行くわけだから、いくらかきちんとした格好のほうがいいだろうと、よそいきの麻のワンピースを選んだ。皆おなじ考えだったのか、漣は白いシャツにグレーのパンツで、波鳥はやはりワンピースだった。水玉柄《みずたまがら》のやわらかいシフォンのワンピースは、波鳥によく似合っていた。

京阪《けいはん》電車の六地蔵駅に着くと、電話口で聞いたとおりに駅前からバスに乗り、女性宅に向かった。バスは川を渡り、商店街のある坂道を登り、小高い丘に造られた団地のなかを走る。家は団地内の一角にあった。バスを降りてしばらく静かな住宅街の路地を歩くと、瓦《かわら》屋根にクリーム色のモルタル壁の一軒家を見つける。デザインからすると築三、四十年くらいだろうか。壁は変色し、黒黴《くろかび》で汚れている。小さな庭に草が野放図《のほうず》に生い茂り、空の植木鉢が重ねられて門のそばに放置されていた。

「親戚やいうても、つきあいがあったわけやないんよ」

庭の草むしりをしていた宝来尚代《ひさよ》は、そう言って首に巻いたタオルで汗をぬぐった。六十代くらいの、ふくよかな婦人である。英語のロゴの入ったTシャツが汗で濡れていた。梅雨に入る前に庭の雑草を抜いてしまいたいのだそうだ。家は女性が亡くなってから空き家《あきや》になっており、ひとまず尚代が夫とともに管理しているのだという。

「主人の伯父《おじ》の奥さんやったひとで、この伯父さんはもう十年くらい前に亡くなってはってな。子供がいはらへんさかい、能布子《のぶこ》さんも亡くならはったあとは、うちが管理することになって」

能布子というのが、人形の持ち主だった女性だ。

「伯父さんが生きてはったころは、それなりに親戚づきあいもあったんやけど。言うても法要で顔合わせるくらい。正直、能布子さんがどういうひとやったかも、あんまり覚えがないんよ」

尚代はしゃべりながら澪たちを家のなかへとあげ、居間《いま》へ通した。人形のことで訪ねてきたのが澪たちのような若者で、尚代は面食《めんく》らっていたものの、代理だというのがわかっていたからか、わりあいあっさり受け入れた。人形を祓う予定だった八尋が事故に遭ったことは住職から聞いていると言い、いくらか怯《おび》えた様子でもあった。

「あの人形、きれいやったやろ。片づけに来た初日に見つけて、気に入ったから持って帰ったんやけど……」

尚代はため息をついて首をふった。居間とつづいた台所の冷蔵庫からペットボトルのお茶をとりだし、人数分の紙コップにそそぐ。ガスはもうとめてあるが、電気と水道はまだ使えるようにしてあるのだという。紙コップをのせた盆を座卓に置いて、尚代は畳にどかりと腰をおろした。波鳥がそれぞれの前に紙コップを置いてくれる。

「その日の晩からもう、おかしくって。子供の走るような足音がするわ、笑い声がするわで……子供ていうても幅《はば》があるけど、あれは、うんと小さい子。言葉もようしゃべれんくらいの、小さい子やと思う。言葉のわかる子とそれより小さい子の笑い声って、違うやろ。わかる?」

澪はうなずいた。幼児の笑い声。澪も聞いたものだ。あの笑い声には言葉の通じない薄気味悪さがあった。ふだん小さな子の笑い声を聞くときにはそんなふうに感じないのに、あのときは違っていた。あれは幼児であって、幼児ではない。べつのなにかだ。

「主人にも聞こえてたから、私の聞き間違いやない。ほんで、人形のこと話したら、なんでそんなもん持って帰ってきたんや、あれはあかん、てえらい剣幕《けんまく》で怒られて……」

片づけは尚代ひとりで行っているらしい。

「私ひとりに片づけに行かせて、勝手なこと言うんやから。ほんまはあのひとがやるのが筋《すじ》やろ。あっち側の親戚なんやさかい。それで私もムカッときて——」

ちょっとした夫婦ゲンカになったそうな。結局、宝来家が代々世話になっている檀那寺《だんなでら》の住職に相談することになって、ケンカも収まったという。

「あの人形はまずいもんやって、親戚のあいだでは知られてたみたいで。私は聞いてなかったけど。まずい言うても直接被害を受けたわけと違《ちご》て、なんて言うたらえんか、能布子さんの人形の扱いかたがな、独特やったさかい、そういう噂《うわさ》になったみたいで……」

「独特、というと」

漣が淡々《たんたん》と問う。尚代は左右にちらと視線を走らせ、声をひそめた。まるで能布子に聞かれるのをはばかるかのように。

「……あの人形、飾ってあったわけやのうて、座敷の床の間にな、箱ごと置かれてあって。箱から出すのも場所を動かすのも、絶対あかんて言うてたんやって。それで月に何回か箱の前でお経《きょう》を唱《とな》えて、年に一回は必ず果物やら菓子やらお供《そな》えしてたそうや」

澪はすこし首をかしげる。どういうことだろう。漣と波鳥に目を向けると、彼らもけげんそうな顔をしていた。

「能布子さんは、なにかとくべつな宗教を信仰されていたんですか？」

澪が尋ねる。尚代は首をふった。違う、ということではなく、わからない、ということだった。

「そういうわけではなかったみたいなんやけど……その辺は、主人もよう知らんみたい。そもそもあの人形は、能布子さんのものやないんやって」

「えっ、そうなんですか」

澪は驚いて思わず口を挟《はさ》んだ。尚代は何度もうなずく。

「能布子さんの母親のお姉さん、能布子さんからしたら伯母《おば》さんやな、そのひとのもの……というか、その伯母さんが出産したときの祝いでもらったものなんやそうや。せやから、その子供のものやな」

「生まれた子供の……」

「そう。せやけど、その子は七歳になる前に死んでしもて」

死んでしまった子供――。澪の耳に子供の軽い足音がよみがえる気がした。

「これだけでも気の毒な話やけど、その伯母さんてひとがな、人形を自分の子供みたいに扱うようにならはったとかで」

抱いたり、あやしたり、話しかけたり、食事の世話をしたり――と、生前の子供にしていたのとおなじことを、人形に対してするようになった。

「結局、旦那さんと離婚しはって、しばらくして亡くならはったとか……死因は知らへんよ、病気なんか、ほかの理由か。それで、人形は能布子さんのお母さんが遺品として引き取ったそうや。形見《かたみ》やからて。そこからどういう経緯《いきさつ》があったんかわからんけど、ともかく人形は能布子さんが引き継いで持ってはったわけや。箱から出しもせんと、妙な決まり事を作って」

尚代はため息をついたあと、漣のほうに身を乗りだした。

「なあ、人形はどうにかしてくれはるんやろ？　どうにもならん、てこっちに返さはるなんてこと、あらへんよな？　そんなことになったら、ほんま困るわ」

「大丈夫です」

自分が祓うわけでもないのに、漣は澄ました顔で答えた。愛想笑いひとつするでもないが、かえってそれが安心感をもたらしたらしい。尚代はほっとした様子で身を引いた。

「人形の箱が置かれていたという部屋を、見せてもらってもいいですか？」

漣が言うと、尚代は「かまへんよ」と座卓に手をつき腰をあげる。「よっこらしよ」と大儀そうに立ちあがった。

居間を出る尚代につづいて、澪たちも廊下に出る。壁に写真や絵の額がかけられているが、埃《ほこり》でうっすらと曇《くも》っている。居間は陽当《ひあ》たりのよい部屋だったが、尚代の向かうさきは薄暗い。

「北向きの部屋やさかい、妙に暗くて寒々《さむざむ》しい感じがするんよ」

そう言いながら、一室の襖《ふすま》を開ける。八畳間のがらんとした座敷だった。床の間があり、そこに掛け軸《じく》がかかっている。人形の箱が置かれていたというのは、この床の間だろう。殺風景な部屋だ、と思ったのが第一印象で、その次に、暗いな、と思った。雨戸は開けられており、いくら北向きとはいえ、そう暗いはずはないのに、薄暗い。尚代の言うとおり、妙に暗くて寒々しい。翳《かげ》が淀《よど》んでいる。

澪は部屋に足を踏み入れ、見まわした。木目《もくめ》のある天井板《てんじょういた》、そこから吊《つ》り下がる電灯。押し入れの襖は古ぼけて茶色い染《し》みが浮き出ている。その隣には床の間。掛けられた軸は神様の絵だ。頭には頭巾《ずきん》をかぶり、右手には小槌《こづち》、左手には袋を持ち、それを肩にかついでいる。足もとには俵《たわら》があり、それを踏みしめていた。

「これって、七福神の――」

なんだっけ、と思っていると、

わからなくなる。

と間を置かず漣が言った。七福神は女神《めがみ》の弁財天《べんざいてん》以外、誰がどの神様だったか、

「大黒天《だいこくてん》だよ」

「恵比寿《えびす》じゃなく？」

「それは鯛《たい》を抱えてる」

「布袋様《ほてい》は？　袋持ってなかったっけ」

「持ってるな。でも頭巾をかぶってないし、お腹が出てる」

「ややこしいね」

おまえの物覚えが悪いだけだ、と言われるかと思ったが、尚代がいる手前か、漣はなにも言わなかった。さらに部屋を眺めていた澪は、壁にカレンダーがかかっているのを目にとめる。カレンダーは酒屋が年末に配ったものらしい、そっけないが使いやすい、大きめのものだった。大安だの仏滅だのが入った、昔ながらのカレンダーだ。

カレンダーは今年の三月になっている。おそらく能布子が亡くなったのが三月なのだろう。予定が細かく書き込まれているということはなく、ただいくつかの日にちに赤ペンで丸がしてあった。

「なにか予定があったのかな」

首をかしげる澪の横から漣が手を伸ばし、カレンダーをめくる。四月にも丸のついた日がある。さらにめくると、そこにもおなじように丸がついていた。ただし日にちは月によってばらばらだ。だが、等間隔《とうかんかく》ではある。数えてみると、十二日ごとに丸がついていた。

「壬子《みずのえね》、甲子《きのえね》、丙子《ひのえね》……」

漣がつぶやく。「ぜんぶ子日《ねのひ》だな」

壬、甲などというのは十干《じっかん》で、子というのは子、丑《うし》、寅《とら》といった十二支である。十干は、甲乙丙丁戊己庚辛壬癸《こうおつへいていぼきこうしんじんき》という古代中国で用いられた日にちを表す基準に、陰陽《いんよう》五行をあてたものだ。木の兄《え》（甲）、木の弟《と》（乙）、火の兄（丙）、火の弟（丁）など、木火土金水の五気を兄弟という陰陽でわけているのである。この十干と十二支を組み合わせて、日にちを数える。十干の干は『幹』、十二支の支は『枝』を意味し、つまり幹と枝の関係だ。この組み合わせは六十あり、六十花甲子《ろくじっかこうし》と呼ぶ。昔ながらのカレンダーや日めくりには、これが載《の》っている。子供のころ、澪はカレンダーを前に伯父からこの仕組みを教えてもらった。麻績家は神社で、神様の祭日に十二支というのはかかわってくるものなので、教わったのである。

漣が『ぜんぶ子日』だと言ったのは、カレンダーに丸のつけてある日がすべて子のつく日だったからだ。

さらにカレンダーをめくっていった漣は、十一月のところで手をとめる。

「二重丸だ」

彼の言うとおり、十一月には二重丸がつけられた日がある。甲子の日だった。ほかの子日はふつうの丸だ。

「……そうか。大黒天だ」

「え？」

とんとん、と漣は十一月の文字を指でたたく。

「十一月は子月だ」

十二支は日だけでなく、年、月、時刻、さらには方位にも割り当てられる。十一月にあたるのは、子だ。

「子月子日は大黒天の祭日だよ。大黒天の祭りはもともと、『子祭《ねまつり》』と言うんだ。甲子の日には縁日もある。毎月の子日に加えて、能布子さんは子月の甲子の日を重要視してたんだ」

「……どうして？」

「だから、大黒天だよ」

漣はカレンダーから手を放し、床の間をふり返る。大黒天の絵が掛かっている。

「能布子さんは大黒天を信仰してたんだ。読経《どきょう》とお供えをしてたと聞いたろ。丸のつけてある毎月の子日が読経の日で、二重丸の十一月甲子の日はお供えをする日じゃないか？」

「へええ」と感心した声を洩らしたのは、澪ではなく尚代である。彼女は目を丸くしていた。漣は尚代の反応を気にとめたふうもなく、言葉をつづける。

「それに、この部屋。家の北側にある。十二支を方位にあてはめると、北は子だ。すべて大黒天信仰のためなんだよ」

「大黒天信仰……大黒様は、福の神だよね？」

「そうだよ。起源はインドの神様だ。マハーカーラ。生成と破壊の神……」

破壊神と聞くと恐ろしく思える。

「苛烈《かれつ》な破壊神でもあり、施福神《せふくしん》でもある。中国では寺院の食堂に祀られる。僧侶《そうりょ》の食糧を守る守護神になってるわけだ。比叡山《ひえいざん》とか天台《てんだい》系の寺院でもそう。僧侶の奥さんを『大黒さん』て呼ぶのはこれがもと。——話が逸《そ》れたな。ともかく、能布子さんは大黒天を信仰してた。それも熱心に」

「……なんのために？」

「そこまでわかるかよ。でも、人形を安置してたわけだろ。大黒天の掛け軸の前に。それで、読経してお供えをしてた。供養なのか、それとも……」

――祈願？

澪は大黒天の絵を眺める。紙は黄ばんで、筆の色も褪せた絵だ。能布子はいったい、ここでなにを祈っていたのだろう。

それ以上、わかることも聞ける話もなかったので、澪たちは帰ることにした。玄関先で靴《くつ》を履《は》く澪たちに、尚代はしきりに自分はもう大丈夫なのかと訊いてくる。

「人形は手放したんやさかい、もうなにも起こらへんよな？」

「昨夜《ゆうべ》はなにもなかったんですよね」

「そうなんやけど」

応対を漣に任《まか》せて、澪は靴に足を入れる。気に入っているスクエアトゥの白いパンプスである。

「供養とかしたほうがええんやろか」

「人形のですか」

「それはそちらさんがしはるんやろ。ほら、能布子さんとか、能布子さんの伯母さんとか。なんや、気味悪うて。死んでしもた子供の供養とかも、なあ」

「そうですね。ご住職に頼んで、していただいたらどうでしょう」

「そやなあ、そうしよかなあ。主人とも相談して」

尚代は頰に手をあて、うんうんとひとりうなずいている。「それがええな、うん。改めてしっかり供養してもらお。能布子さんと、能布子さんの伯母さんと、それから娘さん――」

「――え？」

澪は顔をあげて、尚代を見た。急に声をあげた澪に、尚代も「え？」と目をしばたたく。

「なに？」

「いえ、あの……娘さんて？」

「せやから、死んでしもた子供やないの」

「女の子だったんですか？」

「そやけど？」

尚代はけげんそうにしている。澪はふたたび視線を落とし、考え込んだ。どういうことだろう。人形の入っていた箱の、蓋の裏に書かれていた文字を思い出している。『太二』とあった。てっきり、死んだ子供の名前なのだと思っていた。だから、男の子だったのだろうと。

――『太二』は、死んだ子供の名前じゃないのか。

だったら、誰の名前なのか。

いくら考えても、いまはわからなかった。


能布子の家を出て、バス停に向かうも、時刻表を見ればバスはとうぶん来ない。

「駅までたいした距離でもないし、歩くか」

漣が言う。面倒だが仕方ないか、と澪も同意しようとしたとき、波鳥が「あっ」と小さな声をあげた。ちょうど澪たちの近くの路肩《ろかた》に、黒い車がとまったところでもあった。車から降りた運転手を見て、波鳥が声をあげた理由がわかった。

「お兄ちゃん」

黒いスーツに身を包んだ長身の美青年がこちらに近づいてくる。波鳥の兄、青海である。

「どうしたの？」

青海は問いかける波鳥をちらと見て軽くうなずいただけで、澪の前に立った。

「高良《たから》さまから、澪さんをくれなゐ荘までお送りするよう言いつかって参りました」

「高良から？」

凪《なぎ》高良は、京都の北東の山間《やまあい》にある八瀬《やせ》に住む高校生だ。政財界にも顧客《こきゃく》のいる高名な蠱師でもある。——というのは表向きで、その実体は古代中国の時代から転生をくり返している『千年蠱《せんねんこ》』という蠱物《まじもの》である。澪とは、複雑どころではない縁がある。

澪は車のほうを見たが、高良は乗っていない。

「高良さまは八瀬の屋敷にいらっしゃいます」

澪の視線から考えを読んだように、青海が淡々と言った。青海は高良の世話係である。

「そうですか」

返した声に、なんとなく不満と落胆《らくたん》が混じった。そのことに、澪は動揺する。べつに、高良本人が来ないことを不満に思ったわけではない。ただ、いつも高良は澪が危険に近づこうとするとどこからともなく現れていたから、腑《ふ》に落ちないものを感じただけだ。

そんな考えさえ読んだように、

「高良さまは、『照手がついているから、俺が行かなくても大丈夫だろう』とおっしゃっていました」

と、青海が言う。

「照手が……？」

たしかに、昨夜は照手に助けられたが。

「ご不満にお思いだったことは、高良さまにお伝えしておきます」

「お……思ってませんから、伝えないでください」

「とおっしゃいましても――」

青海は天を仰《あお》ぐ。一羽《わ》の鳥《からす》が近くの家の屋根にとまっていた。

「きっとお伝えするまでもないでしょう」

あの鳥は高良の職神である。気づくと澪を監視するようにそばにいることがある。澪の挙動は高良に筒抜けだろう。澪はぐっと言葉につまり、口を閉じた。

青海は後部座席のドアを開ける。澪は車に乗り込み、漣も反対側から乗った。波鳥は助手席だ。思いがけず兄と会えて、波鳥はちょっとうれしそうだった。この兄妹は仲がいい。

「お兄ちゃん、この服ね、こないだ澪さんと茉奈さんに選んでもらったの」

「よかったな。よく似合ってる」

などという和《なご》やかな会話を交わしている。

澪は隣に座る漣をちらりとうかがう。漣は窓に顔を向けていた。『話しかけるな』という雰囲気である。澪も車窓《しやそう》に目を向け、流れてゆく景色《けしき》をぼんやり眺めた。鳥が屋根の上を飛んでゆくのが見えた。

高良は――千年蠱は、もとは巫者《ふしや》だったという。その死霊を、呪術者が呪詛によって千年蠱にした。死んでも生まれ変わり、永劫《えいごう》、世に禍《わざわい》をもたらすために。生きていたころ、彼は名を巫陽《ふよう》といった。その名を思うとき、澪は妙に胸のなかが落ち着かなくなる。なんの記憶もないのに、不思議となつかしさを覚えてしまう。

春秋《しゆんじゆう》時代の楚《そ》に生まれた――生みだされた千年蠱は、長いときを経《へ》て、日本に渡り、ひとりの少女に出会った。麻績王《おみのおおきみ》の娘である、多気女王《たきのおおきみ》だ。千年蠱は多気女王と恋に落ちる。だが、計略により千年蠱は多気女王を殺し、そのうえ呪詛をかけてしまう。

――千年蠱が生まれ変わるたびに多気女王もまた生まれ変わり、邪霊に食われて二十歳になる前に死ぬ。

そういう呪《のろ》いだ。

澪を蝕《むしば》んでいる呪いは、これだった。二十歳になる前に死ぬ。幼いころから、幾度となく邪霊が投げかけてきた呪いの言葉。

澪が多気女王の生まれ変わりなのだと、皆が言う。高良も言う。だが、澪にそんな記憶はもちろんない。いまだに信じ切れない気持ちもある。それでも信じて行動を起こさねば、死んでしまうかもしれないのだ。死ぬなんてまっぴらごめんだった。そのためには、呪いを解《と》かなくてはならない。千年蠱がかけた呪いを。

呪いを解きたければ、俺を殺せと、高良は言う。それしか方法はないのだと。

千年蠱を祓う。それで澪の呪いは解ける。高良も救われる。何度も生まれ変わり、そのたび多気女王の生まれ変わりが無残に死んでゆくのを見届け、苦しみつづける生から解放される。

千年蠱を祓えば、高良も消えてしまう。この世から消え去る。彼にとっては、それが救いなのだ。

——ほんとうに、それが救いなのだろうか。

澪は車窓の向こうを流れてゆく、青々と燃え上がるような木々の緑と、澄んだ青空を見つめた。

開け放した障子から、烏が飛び込んでくる。高良は寝床に横たわったまま、烏に目を向け、「ごくろう」と言った。烏の姿はかき消える。

ふう、と息を吐《は》いて目を閉じる。体が怠《だる》く、瞼《まぶた》をあげるのさえ億劫《おっくう》だった。

「君には、しんどい時季やなあ」

いつのまにか枕元に忌部秋生《あきお》が座っていた。おっとりとほほえんでいる。

「……夏至《げし》までの我慢だ」

声を出すのも面倒だったが、高良は口を開く。秋生は生者《せいじゃ》ではない。彼が生きていたころ、高良は彼の友人だった。そしていまも。

「陽《よう》の気が強すぎて、僕なんかでも息切れするわ」

幽霊が息切れはしない。そう返すほどの活力もなかった。旧暦四月のいまごろは、陰の気が完全に消え失《う》せ、まったくの陽となる。芽吹いた生命は盛りを迎え、邪霊の翳は薄くなる。邪霊を糧《かて》とし、実体が蠱物である高良もまた、この時季は力が衰《おとろ》えるのである。夏至を境に陰《いん》が萌《きざ》し、だんだんとふくらんでゆく。邪霊も活発になる。夏至まで行かずとも、梅雨の気配が近づくにつれ、高良の不調も治ってゆくのが常だった。

不調になるとわかっているので、屋敷まわりには念入りに結界《けっかい》をこしらえ、なるべく動かず、うちに籠《こ》もっている。外出は極力しない。

「和邇に頼んで、もっと人手を出してもろたらどうや？　結界だけやと、心許《こころもと》ないやろ」

高良は秋生の進言をうるさげに手をふるだけで退《しりぞ》けた。和邇は遠い昔からずっと、千年蠱の支援者を務める蠱師の一族である。青海もそのつながりで高良の世話係をしている。だが、それ以上に身辺に誰かを置くつもりはなかった。

「ずっとこれでやってる。役立たずの人間にうろうろされても邪魔《じゃま》なだけだ」

ははは、と秋生は笑う。でも、と笑みを引っ込めた。

「ほんまに大丈夫なんか？　いまの日下部《くさかべ》はえらい積極的やないか」

「どうだか」

高良は以前、顔を合わせた日下部一族の青年を思い出す。名前は知らないし、どうでもいい。好戦的ではあったが、さして本気とも思われなかった。その証拠にあっさり退いた。日下部一族は和邇とは真逆に、千年蠱を倒そうとしてきた一族である。

「日下部は、それが役目だから俺に挑《いど》まざるを得ない。面倒を押しつけられただけの一族だ。役目など、さっさと放棄《ほうき》してしまえばいいだろうに」

高良は嘲笑《あざわら》う。役目だの因習だのに縛《しば》られて、たった一度きりの生すら自分のために生きられない、彼らを憐《あわ》れに思った。

――それでも、俺よりましか。

何度も、何度も、苦しむために生を享《う》ける。あきらめと空《むな》しさに満ちた生をくり返す。それでも多気の生まれ変わりを失う苦痛は、どれだけくり返しても、そのたびあざやかに胸を貫《つらぬ》き、彼をたたきのめした。

――自業自得《じごうじとく》か。

多気を信じ切れず、裏切られたと思い込み、殺したのは己《おのれ》だ。呪詛をかけたのも己だ。この苦しみは、自ら招いたものだった。

ふと思うのだ。

――何度もくり返す生のなかで、そのたび多気を失うのと、あれきり多気に会えなかったのとでは、どちらが苦しいだろう。

多気はいつでも非業《ひごう》の死を迎えるが、それでも生まれ変わるたび、会えることには違いない。苦悩のなかに喜びを見つけてしまう。さらにそれが彼を苦しめた。多気は死ぬために生まれてくるのに。彼の呪詛のせいで。

喜びさえ苦しみで、ただひたすら終わることを望んでいる。この終わりのない生の環《わ》を断ち切ってほしい。

澪は、この願いを叶《かな》えてくれるだろうか。多気とおなじ顔をして、多気よりも力強い瞳を持っているようで、脆《もろ》そうでもある少女の顔を、瞼の裏に思い浮かべる。

巫陽、と彼女に呼ばれるのは、心地《ここち》よかった。


澪たちをくれなゐ荘まで送ると、青海は車から降りることもなく去っていった。波鳥は少々さびしそうでもあった。

「ときどき、遊びに行ったりすれば？　それか、来てもらうか」

「兄は忙しいので……」

お兄ちゃん想《おも》いだなあ、と澪は思う。漣を見れば、『おまえとは大違いだな』という顔をしていた。

八尋が退院してくれなゐ荘に戻ってきたのは、夕方になってからだった。検査に時間がかかったそうだ。

「なんとものうて、ほんまよかったなあ」

玉青が安堵した笑顔を見せる。卓袱台《ちゃぶだい》には、彼女が腕によりをかけて作った晩ご飯が並んでいる。

「いや額は縫うとるんですけどね」

「それぐらいですんでよかったやないの」

苦笑《にがわら》いする八尋に、玉青はご飯を山盛りによそった茶碗を手渡す。鶏肉《とりにく》と油揚げの炊き込みご飯である。八尋の好物を中心に用意したそうで、卓袱台に並ぶのは、生姜《しょうが》や玉葱《たまねぎ》、茗荷《みょうが》などの薬味をたっぷり添えた鰹《かつお》のたたきに、しじみ汁、茄子《なす》の煮浸《にびた》し、じゃがいもの煮っころがし。鰹は朝次郎が七輪《しちりん》で炙《あぶ》っていたものだ。炭で焼いたいい香りがついている。茄子の煮浸しは鷹《たか》の爪《つめ》がピリッとして、こちらもおいしかった。

「――で、宝来さんの話はどうやった？　昨夜の件は聞いとるけど」

食事のあと、お茶を飲みながら八尋が訊いてきた。漣が要領よく尚代から聞いた話と、家の様子を説明する。住職から聞いた話と重複《ちょうふく》するところもあっただろうが、八尋は口を挟まず終《しま》いまで聞いた。

「大黒天なあ。ふうん」

聞き終えて、八尋は腕を組んで考え込む。「あの」と澪は挙手した。

「学校とちゃうんやから」と八尋は笑う。「なんや？」

「いまの話に加えて、人形の入ってる箱の蓋に、『太一』って文字が書いてあるんですが」

「たいち？」

「亡くなった子供の名前かと思ったんですけど、女の子だっていうし」

「ああ」

八尋はうなずいた。「あれか。僕も見たわ、人形預かるときに」

「あれって、どういうことなんでしょう？」

「いま聞いた話からすると、あれも大黒天信仰の一環やろな」

さらりと八尋は答えた。

「というと……」

「『太一』は『たいち』と違《ちご》て、『たいいつ』と読むんや」

「たいいつ？」

「北極星を神格化したもの。ほんで、これを易《えき》では『太極《たいきよく》』という」

「易……」

「古代中国の哲学。宇宙や万物の考え方。はじめに『混沌《こんとん》』があって、そこから陰陽が生じ、陰陽が合わさるところに万物が生じる。この『混沌』がイコール『太極』や。で、『混沌』を古代中国の天文学では北極星とする。すなわち、『太一』やな。そいでもって、『混沌』は『子』でもある」

よくわからなくなってきた。八尋はそばにあったチラシとペンをとり、チラシの裏側に文字を書いてゆく。『混沌』と中央に書き、そのまわりに『太極』『太一』『子』と記し、それぞれを『＝《イコール》』でつないだ。

「『子』は『了』と『一』、終わりとはじめの両方を持つ字や。五行で月にあてはめると子月は旧暦の十一月、冬至《とうじ》を含む。陰が尽きて陽が萌す一陽来復《いちようらいふく》のときや。陰の終わりであり、陽のはじめでもある。陽気と陰気の混じり合う混沌。せやから『子』は『混沌』というわけや。したがって、『子』は『太極』や『太一』の象徴でもある。——で、この『太極』はその字面《じづら》から大黒天と習合する」

八尋は『太極』の上に『ダイコク』と記し、『＝大黒』と書き加えた。

「読みの共通から習合するていうのはようあることで、やっぱりダイコクと読める大国主命も大黒天と習合されとる。ほんでや、『大黒』イコール『子』やから、大黒天の祭日が子月子日になるっちゅうわけや」

わかる？　と八尋はチラシから目をあげた。澪は「なんとなく」と答えて、うなずいた。

「だから、『太一』も大黒天信仰につながる、ということなんですよね」

「そういうことやな」

言いつつも、八尋はまた腕を組んで考え込むようにチラシの文字を見つめる。

「そうなんやろうけど……なんやろな、もうちょっと違うような……」

ぶつぶつつぶやく。指で頭をかこうとしたので、「傷、気をつけてくださいね」と澪は注意した。「あ、そうか」と八尋は手をおろした。「抜糸《ばっし》まで気が抜けへんな」

「『もうちょっと違う』って、どういう意味ですか」と、漣が口を挟む。

「うーん、まだようわからんな。大黒天信仰とすると、それと人形のかかわりがようわからん。——人形を確認してみよか」

八尋はぽんと膝をたたいて、立ちあがった。人形は箱に入れたまま、ずっと仏間に置いてある。皆でそちらに向かうと、仏間の前の廊下に照手がいた。丸まって寝ている。

「照手、ずっとここにいたの？」

声をかけると、照手はむっくりと顔をあげ、伸びをして身を起こした。波鳥のほうに歩いてゆくので、波鳥はかがみ込んで照手を抱きあげる。波鳥を守ってあげてと言った、澪の言葉に従っているのだろうか。

「人形が悪さしないように、ここで見張ってくれてたのかな」

澪は照手の頭を撫でる。照手は目を細めていた。

「いまは相対的に邪霊の力も弱まる時季やから、なんかあっても『悪さ』程度のことですんだんかもしれんな」

言いながら八尋は障子を開ける。畳の上に置かれた箱があった。

「じゃあ、ほかの季節だったら……」

「ひとを驚かす程度のことでは満足せんやろ」

ぞくりと首筋が冷えた。

「でも、人形を保管してた能布子さんの周辺でなにか凶事が起こったて話はない。ただ奇矯《ききょう》な祀りかたが親戚連中の噂になっとっただけ。……てことは、能布子さんは人形を抑《おさ》えられとったちゅうことや。大黒天を祀ることで」

どういう理屈なんかな、とつぶやき、八尋は箱の前に膝をつく。蓋をとると、布に包まれた人形をとりだした。布包みをとって、人形をためつすがめつする。無言で布に包み直して、箱に収めた。

「前に僕が見たときと、変わりはないな」

腰をあげて、座敷を出る。長居はしない。

「あれって、なかにいるのは……亡くなった子供ですか？」

澪が尋ねると、八尋は心持ち首をかしげた。

「どやろな。能布子さんの伯母は、あの人形を亡くなった子供の代わりにして、生きとるように扱った。死んだ子供当人ていうよりは、なにかべつのもんが生まれてしまった、て気がするけどなあ」

「なにかべつの……」

「せやから怖いんや」

ぽつりと言って、八尋は閉じた障子をふり返った。


その晩は、怪事はなにも起こらなかった。照手のおかげだろうか。

翌朝、澪は波鳥とともにバスに乗り、学校へと向かった。人形は今日、八尋がお祓いをしたうえで焚《た》きあげると言っていた。

「麻生田さん、大丈夫でしょうか」

バスに揺られながら、波鳥が心配そうに言う。「退院したばかりなのに……」

「無理はしないひとだから、大丈夫じゃないかな」

澪は答えた。八尋はできないことに手を出したりしない。己の力をわかっている。その見極《みきわ》めというのが澪にはまだできないし、見極めてしまっては千年蠱を祓う力は身につかない気がした。

「結局、能布子さんが祀ってたようにして、祓ってみると言ってたけど……」

大黒天信仰。そのことに、八尋はいくらか疑問を抱《いだ》いていたようではあったが。

「大黒は太極で、太一でもある……ややこしいような、そうでもないような」

「大国主命でもありますね」

波鳥がつけ加える。

「そうとも言ってたね。読みが一緒になるから」

「袋をかついでいる姿もおなじだから、というのもあるみたいです」

「ああ、なるほど……」

たしかに大黒天も大国主命も袋をかついでいる。

「子月子日が大黒様の祭日なのも、大国主命の神使いが鼠だからだともいいます。

でも、大事な祭日が神使いにちなむというのは、ちょっと根拠が弱いんじゃないか、とも……神使いは使者であって、神様自身じゃありませんから」

「へえ」澪は感心する。「よく知ってるね」

「いえ、ぜんぶ兄が言ってただけのことで、わたしは……」

またもや波鳥は恐縮して、恥ずかしそうにする。

「お兄さん、物知りだよね。前もいろいろ教えてもらった」

その点では、八尋と似ているのかもしれない。雰囲気はだいぶ違うが。

波鳥は兄が褒《ほ》められて、うれしそうにしている。自分が褒められるよりもうれしいのかもしれない。

――この時点で澪は、人形は八尋が祓うものだと思い、すっかり他人事《ひとごと》だった。

油断していたのだと思う。

学校最寄《もよ》りのバス停で、バスがとまる。波鳥やほかの生徒とともに降車して、歩きだそうとした澪は、ぎくりとした。ふくらはぎに、ひんやりとしたなにかが触れている。下を見た澪は、危《あや》うく悲鳴をあげそうになり、なんとか呑《の》み込んだ。

あの人形が、澪の足によりかかるようにして、いた。赤い衣《ころも》を着た御所人形。

「澪さ――」

事態に気づいた波鳥が声をあげたが、澪はとっさに人形をつかんで、駆けだした。周囲には学校へと向かう生徒たちがたくさんいる。そのあいだを澪は走り抜けた。どこへ向かうというあてはないが、ともかくこんなひとが多くいる場所から、人形を離さねばならない、と思った。

川沿いの哲学の道を走り、学校の正門へとつづく路地の角《かど》を通り過ぎる。そうすると生徒の姿はすくなくなる。澪は小さな石橋の前でいったん立ち止まり、肩で大きく息をする。うしろから波鳥が追いついた。澪以上に苦しげに息をしている。

額の汗を手でぬぐい、息を整えた澪は、ふと橋のほうを見て、あっと思った。橋の向こうには一対の石灯籠《いしどうろう》があり、その奥に石畳《いしだたみ》の小径《こみち》がつづいている。先日、訪れた場所だった。茉奈や波鳥とともに。

――大豊神社の参道。

風が吹き、小川のせせらぎが急に間近《まぢか》に聞こえる。清澄《せいちょう》な空気が流れてくる。招かれている気がした。誰になのかは、わからないが。

「大豊神社……大国主命」

――狛鼠。

頭上で、鳥の羽ばたきがした。黒い羽が落ちてくる。見あげると、鳥がいた。高良の職神だ。

「人形は鼠にかじられるのがなにより怖い」

高良の声がした。烏からだ。

「難しい話ではない。子のまじないだ」

助言をくれているのだ、と思った。

——子のまじない……。

家の北、子の方位に人形を置き、太一と記した箱に収め、大黒天を祀り、子日にお経をあげる。

「ぜんぶ、鼠なんだ」

澪はつぶやく。子のまじない。鼠で幾重《いくえ》にも包囲しているのだ。

——かじられるのが怖いから。

澪は人形に目を落とす。胡粉のなめらかな白い顔から、当然ながら表情は読みとれない。だが、じっと見つめていると、黒い瞳の奥にうごめくものがある。虫のような、ぬるりと光る蛇《へび》のような、黒い水面《みなも》を覗き込むような……息がつまり、澪は目をそらした。

人形を抱え直し、深呼吸をすると、橋に進む。行く手には人っ子ひとり見当たらない。ひどく静かだ。橋を渡り、参道に足を踏み入れると、うしろから髪を引っ張られて、澪はふり向く。斜めうしろに波鳥がついてきているが、背後にはもちろん誰もいない。どこからか、小さな子供の泣き声がする。

「急ごう」

澪は波鳥に告げて、走りだした。澪と波鳥の息遣《いきづか》いが妙に大きく耳につく。ざわざわと周囲の木々が揺れている。澪は自分たちの荒い息に混じって、べつの誰かの息遣いが聞こえることに気づいた。足が重い。肌にべったりと湿気《しっけ》が貼《は》りついたような気持ち悪さを覚える。

「……雪丸！」

声をふりしぼって呼ぶ。足もとから白い狼が現れ、宙を駆け、澪のまわりを一周する。清涼《せいりょう》な風が吹いた。息苦しさが消え、足が軽くなる。空気が澄む。澪は大きく息を吸い、足を踏みだす。さきほどまでよりも、ずっと速く走れる。石畳を蹴《け》り、飛ぶように走って、鳥居をくぐった。

境内を右に進み、奥の片隅にある、大国主命を祀った祠に向かう。そこには一対の狛鼠が鎮座《ちんざ》している。向かって右側には巻物《まきもの》を手にした鼠、左側には水玉（酒器）を抱えた鼠。澪はそのあいだに立つと、深く息を吐いて目を閉じた。

――呼ぶのは、神様じゃない。

脳裏に思い描くのは狛鼠だ。呼ぶべきは鼠なのだ。

澪は意識を己の内側に集中させた。

周囲の音は消えて、澄んだ空気だけを感じる。内に意識を向け、深く、深く潜《もぐ》ってゆくにつれ、逆に己自身の輪郭《りんかく》はおぼろになり、内も外も一体となる。

気づくと、濃い闇《やみ》に包まれていた。どこまでも深くて暗い闇。だが、恐ろしい闇ではない。包み込むようなやさしい、やわらかな闇だった。

幽《かす》かで冥《くら》い闇……それが神の姿であるとわかる。闇のなかから、ひとつ、ふたつと現れる蛍《ほたる》のような明かりがあった。ほの暗く輝く、それは鼠だった。一匹、二匹、三匹……つぎからつぎへと現れる。鼠たちは、どこか一方へ向かうようだった。向かうさきにあったのは、人形だ。鼠たちは人形に群《むら》がってゆく。あっというまに群がる鼠で人形の姿は見えなくなった。かり……かり……かり……と木を削《けず》るような音が絶え間なく響く。鼠が人形をかじっている。子供の泣き声が聞こえる。いや、子供ではない。なにか違うものだ。子供の泣き声に似た、なにかおぞましいものの唸《うな》り声だ。長く尾を引く声がつづいていたが、次第にそれは途切れがちに、小さくなってゆく。かじる音はつづいている。声は消えた。

手を握られる感触に、澪は目を開けた。境内の風景が目に入る。横を見れば、波鳥が澪を心配そうに見あげていた。澪の手を波鳥が握っている。人形を抱えていたはずだが、澪の手にそれはなかった。波鳥が地面を指さす。木屑《きくず》がちらばっていた。ちりぢりになった赤い衣も。はっと息を呑む。波鳥を見ると、彼女はかすかな笑みを浮かべてうなずいた。

「残りは集めて、麻生田さんに焚きあげてもらったほうがいいです」

波鳥はポケットからハンカチをとりだすと、しゃがみ込んで人形だったものの残《ざん》骸《がい》を集めはじめた。澪もそれにならう。

澪は、大国主命の神使い——鼠を招くことができたらしい。招くことにも危険はあるが、波鳥がそれを助けてくれる。神と同化し己を忘れても、波鳥が引き戻してくれる。だから澪は恐れることはない。

集めた残骸をハンカチにくるんで、波鳥は鞄《かばん》にしまう。澪は立ちあがり、祠をふり返った。胸の内で礼を言う。一陣の澄んだ風が頬をゆるく撫でた。

「大国主命は、まじないの神様でもあるんですよ」

波鳥が言った。

「じゃあ……蠱師にとっては、大事な神様になるんだね」

だからいまも協力してくれたのだろうか、とふと思った。

鞄に入れた携帯電話が震えている。とりだしてみると、八尋からの着信だった。

「すまん、澪ちゃん、人形がおらんようになっとる。そっちに行ってへんか?」

「来てます。というか、来てました」

祓えたみたいです、と言うと、八尋は驚いていた。

「どうやって──大黒天を降ろしたんか?」

「いえ、鼠にかじってもらいました」

「鼠?」

「大黒天信仰じゃなくて、子のまじないだったんだそうです。高良が言ってました。人形がいちばん怖いのは、鼠にかじられることだって」

しばし、八尋は電話の向こうで絶句していた。

「……僕もまだまだ修行が足りへんな」

頭をかく八尋の様子が見えるようだった。

人形の残骸は、八尋が焚きあげてくれた。宝来家では寺の住職と相談して、亡くなった子供とその母親を改めて供養するそうだ。

「今回は澪ちゃんに借りができたなあ」

と言う八尋に、

「波鳥ちゃんにもです」

と澪は返した。

「ほな、お礼にふたりになにか奢《おご》るわ。なにがええ？」

澪は波鳥と顔を見合わせる。

「波鳥ちゃん、なにかある？　食べたいもの」

「いえ……とくには」

「甘い物は好きだよね？　じゃ、ケーキにしよう。学校の近くにあるカフェ、あそこのケーキ」

「そんなんでええの？　若い子は欲がないなあ」

笑いながら八尋は財布《さいふ》をとりだす。

「金一封《きんいっぷう》あげるで、食べといで」

「八尋さんは一緒に行かないんですか」

「勘弁《かんべん》してや、女子高生ふたりとケーキて」

「べつにいいと思いますけど」

八尋は苦笑いを浮かべた。

「松風《まつかぜ》と村雨《むらさめ》が悪さするとあかんでな」

松風、村雨というのは八尋の職神である。白専女《しろとうめ》――白狐《しろぎつね》の職神だ。

「悪さするんですか」

「やきもち焼くんや」

八尋はそう言っただけで、詳しく語らなかった。八尋の生家である麻生田家は、女が生まれない家なのだという。外に妾《めかけ》はいるが、正妻は置かない。職神の白専女が嫉妬《しっと》するから、だという。

「……麻生田さん、抜糸はいつなんですか？」

「来週やったかな」

「じゃあ、そのときはみんなで快気祝いしましょう」

はは、と八尋は笑った。「ケーキ食べて？」

「そうです」

「澪ちゃんはええ子やな」

「そういうのいいです」

「はは、照れとる」

こういうところが親戚のおじさんっぽいなと思いながら、かわいらしい白狐の姿をした八尋の職神を思い浮かべていた。

週末、澪は波鳥とともに大豊神社にお礼参りに行った。力を借りたからには、丁《てい》重《ちょう》に礼をしなくては、と思ったのだ。このあとケーキを食べにカフェに行く予定である。

賽銭を入れて、祠を拝《おが》む。それから狛鼠にも礼を言っておいた。狛鼠の石像は、やはりかわいかった。

無意識のうちに澪は空を見あげ、鳥をさがしてしまう。高良の職神の鳥だ。最近、高良の姿を見ない。先日、助言をくれたときも、鳥を通してだった。どうかしたのだろうか。

鳥の姿はない。境内を立ち去りかけた澪は、

「麻績くんの妹さん」

そう呼びかけられて、ぞくりとした。聞き覚えのある声だ。

ふり返ると、拝殿の前に日下部出流《いずる》がいた。漣の大学の同期生であり、蠱師の日下部一族のひとりでもある青年だった。日下部一族は千年蠱を倒すことを目的としている一族だ。出流は品のいい笑みを浮かべているが、なにを考えているのかわからない気味の悪さがあった。

「ごめんな、お友達と一緒のとこを邪魔して」

出流はそう言いながら近づいてくる。波鳥が怯えた顔をするので、澪は波鳥を背にかばった。波鳥は以前、出流に手酷《てひど》い扱いを受けている。

「すぐ退散するから、怖がらんでええよ」

柔和《にゅうわ》な笑顔で話しかけてくるのが、かえって不気味なのだが、たぶんわかってやっている。澪は出流をにらんだ。

「名前なんやったかな。麻績さんでええか。麻績くんと紛《まぎ》らわしいかな。まあええわ、どうせいま訊いても教えてくれへんやろ?」

澪は口も開かなかった。出流はいっこうに気にする様子なく言葉をつづける。

「いちおう、君に手は出さへんて麻績くんと約束してんねん。せやから、安心してええよ。俺は麻績くんと友達やし、約束は守るから」

「……兄は、あなたのこと友達じゃないって言ってましたけど」

「言うてたやろうけど、友達やねん。麻績くんは言うこととやることが一致せえへんねんな。ひとがええから。はは」

「……」

「最近、千年蠱の姿を見かけてへんのと違う?」

出し抜けにそんなことを問われて、ぎょっとした。不意打ちだったので顔に出た。出流は笑う。

「せやろ。なんでか知ってる？」

「なんでって……」

「知らんの？　蠱師は知ってるもんやし、そっちの和邇の子かて知ってるはずやけど。教えてもろてへんの？」

澪は波鳥をふり返る。波鳥は困ったようにうつむいた。澪は顔を正面に戻す。

「教えられない事情があるならべつにかまわないし、あなたからも聞きたくない」

「ふうん」出流は口もとから笑みを消していないが、目は笑っていない。

「知っといたほうがええと思うけど。これ、親切で言いに来たんやで。千年蠱が日下部に倒されたら困るんやろ？　君が祓いたいから」

なにを言いたいのだろう、と澪は出流の表情を眺める。真意が読めない。

「もったいぶるつもりはないねん。あのな、千年蠱はいまの時季はあかんねん」

「え？」

『あかん』という言葉にどきりとした。

「陽の気がいちばん強いいまの時季は、弱るんや。せやから結界を強う張って守りを固めて、八瀬から出てこおへん。考えたらわかるやろ、邪霊かてこの季節は弱いもんや。千年蟲も変わらん」

「……弱る……」

――だから、わたしの前に現れないの？

「雨が陰の気をつれてくるから、梅雨が近づけば力もすこしずつ戻る。夏至を過ぎれば完全復活。そんな感じやな。祓うなら、いまのうちなんかもしれんけど――」

祓う――弱っているいまのうちに？

澪の視線がさまよう。出流の顔から、本殿へ、空へ、地面へ。黙り込む澪に、出流はやさしげにほほえんだ。

「まだ祓えへんと思うんやったら、なおさら気をつけたほうがええで。君もじっとしといたほうがええ。千年蟲を八瀬から引っ張り出すような真似《まね》をしたら、こっちも相手をせなあかんようになる」

澪はふたたび出流を見あげた。

「……その言いかただと、あなたは相手をしたくないみたいな……」

「したいわけないやん。面倒くさい。こっちが死ぬかもしれんのに。麻績くんにも言うたけどな、役目やから、適度にこなさなあかんねん。これでも苦心してんねんで」

出流の意図《いと》が読めず、澪は眉をひそめる。

「したくもない役目を、どうしてするの？」

澪の問いに、出流ははじめて不機嫌そうに顔をしかめた。

「小さい子供とちゃうんやから、それくらいわかるやろ。千年蠱を倒すのは日下部一族に課せられた役目で、先祖代々、それを掲《かか》げてきてるんや。途中で放棄することは許されへん」

「許されないって、誰が許さないの？」

「先祖が。血、ていうたらええんかな。それを放棄したら、先祖を否定することになる。日下部を根底から否定することになる。せやから、やめられへんのやな。まあ、しがらみというか、因襲《いんしゅう》というか」

――一族の因襲……。

澪は、八尋のことを思い出していた。職神を抱えるせいで、妻《めと》も娶れず、母親と呼べる相手もいない一族。

「俺はそんなんどうでもええから、やりたないんやけど。でも一族の決まりには逆《さか》らえへんねん。いろいろ事情があってな」

出流はもとのように笑みを浮かべた。

「そういうことやから、形としては千年蠱の敵になるんやけど、形だけやねん。俺はな。こういうの、一族のほかのやつにばれると面倒やから、黙っといてな。べつに俺のことは信用してくれんでもええんやけど、千年蠱がいまの時季、弱ってるんは事実やから。そっちの子に確認したらええ。ほんで、自分の行動を決めたらええわ」

どう行動するかなど、あなたに言われる筋合《すじあ》いはない——と澪は思ったが、黙っていた。言うだけ言うと、出流は「ほな、麻績くんによろしく」と告げて去っていった。

「高良さまがいまの時季、弱ってらっしゃるのは、ほんとうです」

澪がなにか言う前に、波鳥が口を開いた。

「毎年、この時季は八瀬に籠もってらっしゃいます。でも、澪さんには言うなとおっしゃるので……」

「高良が？」

「はい」

——どうして……。

心配させないように、だろうか。澪は足もとを見つめる。想像はついた。高良には、そういうところがある。何度も生をくり返してきた彼は、諦観《ていかん》が身についている。ひとを頼らないし、ひとに期待しない。すべて自分で抱え込む。苦しみも、つらさも。

すべて自分のせいだと思っているからだ。

澪は空を見あげた。高良は鳥に澪を監視させていると言っていた。きっとどこかにはいるだろう。

「……おとなしくしてる。あなたが駆けつけなくてもいいように」

澪は高良に向かって語りかける。

「だから、あなたも無理をしないで」

どこかで鳥の羽ばたく音がした。

「巫陽」

この名を呼ぶときには、なにかとくべつな気持ちがした。

霧雨に恋は呪う

楓《かえで》は青葉も美しい。秋には火焔《かえん》のごとく庭を紅《くれない》に染める木々は、いまの時季、緑の帳《とばり》を重ねている。木漏《こも》れ日が苔《こけ》むした地面に落ちていた。

澪《みお》は庭を眺《なが》めながら、膝《ひざ》の上にのせた照手《てるて》を撫《な》でる。照手は体を丸めて、よく眠っている。

「最近、出かけないんだな」

いつのまにか漣《れん》がうしろにいた。

「そうでもないけど」

「そうでもあるだろ」

先日、出流《いずる》が現れたことを、澪は漣に話していない。なんとはなしに、話しそびれていた。

漣は隣《となり》に座り、照手をじっと眺める。照手の耳がぴくぴくと動いていた。

「照手を撫でたいんでしょ」

「べつに」

ぶっきらぼうに言って、漣は照手から目をそらす。

「撫でたくても、あかんねん。よその職神《しきがみ》をかわいがると、自分とこの職神が拗《す》ねるでな」

八尋《やひろ》まで縁側《えんがわ》に出てきた。三人分の湯呑《ゆの》みと上用饅頭《じょうようまんじゅう》をのせた盆を手にしている。

「麻生田《おうだ》さんの職神だけじゃなく、漣兄《にい》の颪《おろし》と朧《おぼろ》も？」

松風《まつかぜ》と村雨《むらさめ》が嫉妬《しっと》するというのは、これまで耳にした話からもわかるが。

「まあな」と漣が答えた。

もしや雪丸《ゆきまる》がそっけないのは、照手をしょっちゅう撫でているからだろうか……

と、澪は思った。

八尋は腰をおろし、湯呑みと饅頭の皿を澪と漣それぞれのそばに置いた。湯呑みからは煎茶《せんちゃ》の湯気《ゆげ》があがっている。ありがとうございます、と言う澪と漣の声が揃《そろ》って、八尋は笑った。

お茶をひと口飲んで、八尋は澪の顔を眺める。

「さっきの話な、澪ちゃんが最近出かけへんなあていうのは、僕《ぼく》も思うとった」

「そこから聞いてたんですか」

「まあまあ。――誰かに千年蟲《せんねんこ》の話聞いたん？」

うっ、と飲みかけたお茶をこぼしそうになる。

「千年蟲の話って？」と漣が澪に訊《き》く。

「いまの時季は八瀬《やせ》に籠《こ》もっとるって話」と、八尋が答えた。「陽《よう》の気が強いからやな。漣くんは知らんかったか」

「……知りませんでした」

漣は答え、むっつりと黙《だま》り込む。

「まあ、漣くんはまだ半人前やからかな。潮《うしお》さんが教えてくれたはずやと思うけど」

漣が気にしている『半人前』という言葉をさらりと口にして、八尋は笑う。潮、というのは漣と澪の父親である——戸籍上は、澪の父親は潮の弟だが。

「知ったところで、僕らにはさして関係ないしな。千年蠱を倒そうとしとるわけやないし。そもそもそういう時季は向こうかて厳重に守りを固めとる。八瀬に住んどるんも、この籠もりの時季があるからとちゃうかな」

最後の言葉に、澪は首をかしげる。「どういうことですか？」

「八瀬は都の鬼門《きもん》の方角やから。蠱師《まじないし》は守護のために鬼門に住んどったけど、千年蠱は逆。鬼門、つまり丑寅《うしとら》の方位は時間で言うたら丑刻から寅刻——午前一時から午前五時、真夜中から早朝にかけて。一年で言うたら丑月は十二月、寅月は一月。年の変わり目や。四季で言うたら冬の終わり、春のはじめ。季節の変わり目。

ようするに、『境界』であって、陰陽《いんよう》の交替するときなんやな。これは時間だけやなくて、空間にもあてはまる。丑寅は陰《いん》にあって陽へと変わるところ。陽の前の陰。暗闇《くらやみ》や。鬼が隠《こも》るところ。鬼は和名を於爾というて、隠とも書く」

八尋は宙《ちゅう》に『隠』と指で書いた。八尋の講釈はまだつづく。

「八瀬は比叡山《ひえいざん》の西麓《せいろく》にあって、ここの民《たみ》が『八瀬童子《どうじ》』と呼ばれとったんは、知っとるやろ。彼らは自《みずか》らを『鬼の子孫』と名乗った。八瀬の童子は天皇の葬儀と即位、どっちのときにも輿《こし》をかつぐ。鬼の子孫が、や。なんで童子で鬼かて言うたら、やっぱり丑寅なんやな。童子は、易《えき》で言うところの少男《しょうだん》。これは方位やと丑寅、自然やと山にあたる。丑寅の山に童子、だから八瀬の童子。さらに丑寅は陰、鬼の象徴やから、鬼の子孫でもある。つまり八瀬の童子は丑寅の陰陽交替の力を内包しとるわけで、天皇の世代交代に関与するのも、そうしたまじないの意味があるから――という説もある。僕が考えたわけやないで。でも、僕はこの説に賛成やな。そうでなかったら、千年蟲は八瀬には住まん」

とうとうと語って、八尋はお茶を飲んだ。ふう、と息をつく。

「――とまあ、僕はこう思っとるけど、実際どうかは知らん。知る意味もないし。さっきも言うたとおり、倒そうとしとるわけとちゃうから、関係ないねん」

だが、澪には関係がある。千年蠱を祓《はら》おうとしているのだから。

「澪ちゃんは、この機に千年蠱を祓ってみよ、とかは思わへんの？」

八尋が饅頭を半分に割って、それを口に放り込んで言う。饅頭の中身は漉《こ》し餡《あん》だ。

「そんな気軽に……。弱ってる時季だからって祓えるなら、いままでに祓えてると思うんです」

「せやな」

と、あっさり退《ひ》いたかと思うと、

「でも、理由はそれと違うんやないかなあ」

不可解なことを言った。

「理由？　どういう意味ですか？」

「千年蠱を祓えへん理由」

「……？」

ますますわからない。首をかしげる澪の手に、八尋は饅頭をひとつのせた。

「まあ、食べや。お茶は僕が淹《い》れたから、おいしないかもしれんけど」

疑問を抱《いだ》きつつも、澪は八尋と饅頭を見比べ、「……ありがとうございます」と頭をさげた。

「天気予報で言うとったけど、来週からぐずつくみたいやで」

八尋は空を指さす。今日の空は青く晴れ渡っている。

「雨がよう降るようになって、陰の気を呼べば、また千年蟲もお出ましになるやろ」

漣がぼそっと、「邪霊《じゃれい》もな」とつぶやいた。

*

茉奈《まな》はその日、墓掃除《そうじ》に来ていた。

家の墓は若王子山《にゃくおうじやま》墓地にある。鹿ケ谷《ししがたに》の東、ふもとには若王子神社があり、通っている高校も近い。墓掃除は月に一度、茉奈の家だけでなく、叔父《おじ》や叔母《おば》が交代でやっている。今月は茉奈の家が当番で、茉奈はおこづかいをもらう約束で掃除を買っててでた。この時季はひと月であっというまに雑草が生《お》い茂《しげ》るので、掃除はなかなか骨が折れる。誰もやりたがらない。しかしここ数日雨がちで、そろそろ梅雨《つゆ》に入りそうなので、その前にやっておこう、となった。

今日も空模様《そらもよう》はあやしい。いまにも降りだしそうに灰《はい》色の雲が低く垂《た》れこめている。若王子山というとおり墓地は山のなかにあり、細い山道を徒歩で登ってゆくしかない。道はきれいにならされて、ところどころ舗装《ほそう》されてもいる。勾配《こうばい》のきつい道でもないので、歩きにくいことはないのだが、周囲が木々に覆《おお》われ、鬱蒼《うっそう》として暗い。『イノシシに注意』の看板は何度見てもどきりとする。いつ訪れても人影はすくなく、ひっそりとしている。今日は登ってくるときも、掃除しているあいだも、誰にも会わなかった。

青々と茂った草を、軍手をはめて容赦《ようしゃ》なく引っこ抜き、枯《か》れた花を替え、墓石に水をかける。山のなかなので涼《すず》しいが、さすがに汗をかいた。藪蚊《やぶか》がいやで長袖《ながそで》のカットソーとジーンズという服装を選んだが、蒸し暑い。タオルで汗を拭《ふ》き、抜いた雑草をゴミ袋に詰めて、帰ろうとしたとき、気づいた。

墓地の奥に男がひとり、佇《たたず》んでいる。男は茉奈の斜め前方に、こちらに背を向けて立っていた。やや身をかがめ、墓を覗《のぞ》き込んでいるように見える。さらに、右に左にと体を動かしている。その様子から、茉奈は彼がなにか落とし物でもさがしているのでは、と察した。一度ゴミ袋を地面に置くと、茉奈は墓石のあいだを通って、男のほうに近づいた。墓はどれも古いものばかりで、そう広くもない場所に作られている。木々に囲まれているので薄暗く、後ろ姿からはどうやら若い男らしい、ということぐらいしかわからない。白いシャツを着ている。

「なにか落とさはったんですか？」

声をかけるも、男は反応しない。ふり返りもしないし、言葉も返してこない。聞こえない距離ではないと思うのだが、と茉奈はなおも前に進んだ。改めて声をかけようとしたところで、足もとの段差につまずいて、つんのめった。地面が隆起《りゅうき》している。木の根が伸びてきているようだ。転《ころ》ばずにすんだことにほっとしつつ、体勢を立て直して顔をあげた茉奈は、「えっ」と思わず声が出ていた。

男の姿はどこにもなかった。あたりをきょろきょろ見まわしたが、影も形もない。

——奥のほうに、裏道でもあるんやろか。

首をかしげながら、茉奈は男のいた墓の前へと近づく。ここへは何度も来ているが、墓守《はかもり》ではあるまいし、墓地の隅《すみ》から隅まで把握《はあく》しているわけではない。家の墓に参るだけだ。

男が立っていた前には、立派な墓があった。囲いのなかに古びた大きな墓石があり、『小真立家』と家名が彫ってある。コマダテ家、だろうか。彫りは摩耗《まもう》し、薄れている。そうとう古くからある墓なのだろう。墓石は苔むして、背後の木から伸びた蔓《つる》が絡《から》みついていた。

「立派な墓やな……古いし。近所では見かけへん苗字《みようじ》やけど……ん？」

ぶつぶつ言いながら墓を眺めていた茉奈は、墓の手前、自分の足もとにきらりと光る小さなものを見つけて、かがみ込んだ。

——なんやろ……バッジ？

茉奈が思い浮かべたのは、社章や校章だった。拾いあげてみて、違うとわかる。社章などよりは大きい。丸く平たい金属製で、大きめのボタンのようにも見えるが、裏側にT字型のフックがある。しばらく眺めて、茉奈はカフスボタンだ、と気づいた。父はこんなものをつけないが、おしゃれだった祖父がつけていた。

落ちていたのは片方だけだった。鈍《にぶ》い銀色の表面に、細かな斜線が彫り込まれている。茉奈には装飾品の良し悪しなどわからないので、これが上等なものなのか、そうでもないのか、不明だった。

——これさがしてはったんかな……でもすぐ見つけられそうに思うんやけど……。

不可解である。それとわからなかったが、目の不自由なひとだったのだろうか。いや、そうしたひとが付添人もなく山の墓地に来るのは考えづらいし、茉奈が転びかけてうろたえた、あの数秒ですばやくどこかへ移動できるとも思えない。幽霊《ゆうれい》かも――と、思わなかったわけではない。だが茉奈の目には生きた人間と変わらぬように見えたし、あのとき幽霊だとはつゆほども思わなかった。たしかにこの場に立っていた。

茉奈はもう一度、そろりと周囲を見まわす。ひと気はなく、木々の葉擦《はず》れと、ときおり鳥の鳴き声が聞こえるだけだ。茉奈はカフスボタンをもとの場所に戻しかけて、手をとめる。このところ雨がちで、明日にも梅雨入りしようかという時季である。ここに放置すれば、雨で錆《さ》びてしまうのではないか。そう思ったのだ。

「うーん……」

困ったな、と思案する。交番に届けるとか？　カフスボタンくらいで？　さっきのひとが戻ってくるかもしれないから、墓のそばに置いておいたほうがいい？　でも雨が降ったら――。

思案するうち、ぽつりと頰《ほお》にあたるものがあった。雨だ。雨粒《あまつぶ》は墓石や地面にまだら模様《もよう》を作る。本降りになる前に山をおりなくては。茉奈はあわててカフスボタンをポケットに入れると、ゴミ袋を手に足早《あしばや》に墓地を去った。

「――ってことがあってな」

　と言ってカフスボタンを机の上に置いた茉奈に、澪は唖然《あぜん》としていた。隣で波鳥《なとり》も青い顔でカフスボタンを見つめている。カフスボタンには、紛《まご》うことなく邪霊の黒い陽炎《かげろう》がまとわりついていた。学校の休憩《きゅうけい》時間のことである。

「茉奈ちゃん……、前にもあったよね。拾いもの」

「ああ、鏡？　あったなあ」

　邪霊の取り憑《つ》いた鏡だった。茉奈は、なにかそうしたものを拾ってしまうたちなのだろうか。

「落ちてるものは、あんまり拾わないほうがいいよ」

　それも墓地で。

「そうなんやけど、雨が降ってきたから、放ってもおかれへんし」

　茉奈が遭遇《そうぐう》したのは、どう考えても幽霊だろう。澪はカフスボタンを見つめ、どうしたものか、と思案した。

「え、なに？　これってなんかまずい？　鏡みたいに」

　澪も波鳥も難しい顔でカフスボタンを眺めているので、茉奈は焦《あせ》ったように訊いた。

「まずいよ」

簡潔に答える。

「えー、でも、その男のひとも、ほんまに幽霊とかそんなんと違《ちご》て、ふつうのひとに見えたんやけど……」

「でも、消えたんでしょ？」

「消えたとこは見てへんから、わからへん。裏道があるんかなーて」

暢気《のんき》に思えるが、実際、そう解釈するほうが現実的なのかもしれない。

しかしこのカフスボタンはだめだ。

「もとの場所に戻してこよう」

そう言うと、

「お祓いは？」

と茉奈は言う。

「戻してきて、なにもなければ、それで終わりでいいと思う。祟《たた》られてるわけじゃないし」

「そっか」

茉奈はちょっとほっとしたように椅子《いす》の背にもたれた。が、「ん？」とすぐ身を乗りだした。

「なにもなければ、って、なにかあったら、どうするん？」

「麻生田さんに相談してみる」

「ああ、あの一緒に住んではるおじさん」

茉奈は前にくれなゐ荘で八尋と顔を合わせている。「霊媒師《れいばいし》とかには見えへんひとやんな。ほな、なにに見えるんかて訊かれたら困るけど」

「学者とか……？」

「あー、それはありやな。虫とか植物とかの研究してそう」

「虫……？」

「なんかめずらしい蝶《ちょう》とか追いかけてそう」

どういうイメージなのだろう……と思いつつ、話を戻す。

「じゃあ、まずは放課後、若王子山……だっけ？　そこに行こう」

「ええけど、山やで。そんなきつい山道と違うけど。大丈夫？」

「大丈夫だと思うけど……」

澪は波鳥を見る。波鳥もうなずいた。「大丈夫です」

「雨がやんでるとええけどなあ」

る。

茉奈は窓の外を眺めた。空一面を覆う暗い雲から、細かな雨が降りしきってい

幸い、放課後になると雨はやんだ。またいつ降りだすかわからない空模様なので、澪たちは足早に若王子山に向かう。学校からはすぐだ。

若王子神社の前を通り過ぎ、暗く細い坂道に入る。それが墓地へとつづく道だった。ただでさえ雨雲に覆われて暗いなか、木々の生い茂る山道はいっそう暗い。そして静かだった。澪たちはなんとなく口を開きかねて、黙りこくって道を登る。険《けわ》しい山道ではないものの、ローファーと制服で行くにはまったくもって向いていない。せめてスニーカーだったらよかったのだが。しかも雨のあとで道はぬかるみ、すべりやすい。足もとに気をつけながら歩いていると、息が切れてくる。汗がにじんで、足も痛くなってきた。曲がりくねった坂道なので、さきが見通せない。まだだろうか、とげんなりしてきたころ、ずらりと並ぶ墓石が見えてきた。周辺一帯、木々に囲まれて鬱蒼としたなかにある墓地だった。墓地はこのほかにも山のなかに点在しているらしい。

茉奈がカフスボタンを拾った墓の前へと案内する。話に聞いていたとおり古く大

きな墓で、墓石は苔むして、蔓が絡みついている。蔓は白い花を咲かせていた。

「この『小真立家』ておうち、親にも訊いてみたんやけど、近所にはやっぱりないて。昔はあったんか、べつの地域にあるんか、わからへん。古いけどちゃんと管理はされてるみたいやから、どっかには住んではるんやろうけど」

たしかに、雑草はないし、花も供《そな》えてある。放置されている感じはしない。蔓もとればいいのに、とは思うが。きれいな花を咲かせているから、そのままにしてあるのだろうか。

茉奈はポケットからカフスボタンをとりだすと、地面に置く。一歩さがって、澪をふり返った。

「これでええんかな？」

澪はカフスボタンと、周囲を眺める。とりたてて変化はない。カフスボタンに黒い陽炎がまとわりついている以外は。

ふいにその陽炎がゆらりと揺れた。はっとする。それは煙のように立ちのぼり、うねった。

「行こう」

澪は茉奈と波鳥をうながし、墓から離れる。陽炎はさらに大きく伸びあがった。

その様子をちらちらとふり返って確認しつつ、墓地を出る。

——追いかけてきたら、雪丸で追い払おう。

それですむはずだ。心づもりをして、澪はしんがりを歩いた。走りたいくらいだったが、すべりそうで危《あぶ》ない。澪の前は茉奈、波鳥の順で山道をくだっている。

雨が降りはじめた。三人はそれぞれ手にしていた傘《かさ》を開く。降ってくる雨と、梢《こずえ》からしたたる雫《しずく》が、不規則に傘を打った。澪はたびたびうしろをふり返る。あたりは薄暗いうえ雨で視界が悪い。黒い陽炎は見えなかった。足音がする。はっとふり返った。誰もいない。だが、雨が地面を打つ音、傘を打つ音、それに混じって、たしかに足音がする。澪たちのあとから道をおりてくる足音だ。道の上に目を凝《こ》らしたが、よくわからない。とっ……、とっ……、とゆっくり歩く足音だけがしている。雨に濡《ぬ》れた地面を歩く、水音混じりの足音だった。

「……澪ちゃん、波鳥ちゃん。これ言うてもええんかな」

茉奈がふいに口を開いた。

「なんか……足音してへん？」

「……そうだね」

「してますね」

「うしろから誰か来てるん？」

「来てないよ」

「墓地にも誰もいいひんかったもんなあ」

だから、上からおりてくるひとがいるはずがないのだ。澪はぎゅっと傘を握り直した。

「走ったほうがええんかな」

「危ないから、このままのほうがいいよ」

澪は歩く速度をゆるめ、茉奈と波鳥からすこし離れる。立ち止まり、「雪丸」と小さくささやいた。するりと足もとを通り抜ける風を感じた。雪丸が坂道を疾駆《しっく》してゆく。澪はふり返った。道を駆けのぼる雪丸の姿があり、それがゆるやかなカーブのさきに消えたかと思うと、つぎの瞬間には澪の足もとにいた。雪丸は澪を見あげている。もう追い払ったということらしい。

「ごくろうさま」

ささやいて、頭を撫でようとすると、その前に雪丸はさっさと姿を消してしまった。照手と違い、雪丸は澪に撫でさせてくれない。

ふう、と息をついて、澪は茉奈たちを追いかけた。これで終わったと思っていた。

茉奈を鹿ヶ谷の家まで送り、波鳥とともにバスに乗って、くれなゐ荘へと帰る。雨のせいもあってか、バスの車内は混んでいた。蒸し蒸しとして、窓が白く曇《くも》っている。つり革をつかんで立っていた澪は、バスが揺れたさいに隣のひとにぶつかり、すみません、と謝《あやま》りかけた。が、言葉が出なかったのは、ぶつかったのが、ぬっと突き出された腕だとわかったからだ。青白い腕が、澪の腰の横あたりに、うしろから突き出ている。太くてごつごつした男の腕だ。手はこぶしを握っていた。澪は唾《つば》を飲み込む。口のなかが乾いている。雪丸、と口にする前に、腕はするりと引っ込んだ。引っ込める途中で、こぶしが開き、手が澪の体をかすめたように感じた。

バスを降りても、傘を開こうとしない澪に、波鳥が心配して傘をさしかける。

「どうかしましたか、澪さん」

澪は無言でスカートのポケットに手を入れる。なにかそこに違和感があった。指が冷たく固いものに触れる。とりだしてみた。

あのカフスボタンだった。

「へえ、彫金《ちょうきん》のカフスボタンやんか。正確にはカフリンクスて言うんやったか。

これは古いもんやろなあ」

八尋はカフスボタンをつまんで、しげしげと眺めている。夜遅くに帰ってきた八尋が風呂《ふろ》をすませるのを待って、澪は相談した。居間《いま》で濡れた髪を拭きながら、八尋は話を聞いていた。

「彫金って、なんですか？」

「文字通り、金属を彫る。まあ彫るだけやなくて、打ち出し、色金《いろがね》、象嵌《ぞうかん》とか、いろいろ技術があるわけやけど。伝統工芸やな。ほら、刀の装飾《そうしょく》に使われとったんや。ほんで、明治になると廃刀令《はいとうれい》で需要がなくなったもんやから、そういう職人は装身具を作るようになったんや。こういうカフスボタンやら帯留《おびど》めやら懐中《かいちゅう》時計やら」

「じゃあ、このカフスボタンって、そういう時代のものってことですか？」

「そうなんちゃうんかなあ。戦前やろ。僕も鑑定とかはできんけど」

八尋はカフスボタンを居間の明かりにかざす。鈍い銀色の表面に、細い線がいくつも斜めに走っている。雨のように見えた。

「詳《くわ》しいひとに訊いてみたろか。古物商に知り合いがおるから」

「いいんですか」

「澪ちゃんには、こないだの人形の件で借りがあるからな」

「もうケーキ奢《おご》ってもらいましたけど」

「はは、こういうときは『ありがとうございます』て言うとけばええんやで」

「ありがとうございます」

八尋は笑って、「そのあとどうするかは、自分で考えてみ」と言い、立ちあがった。なんだかんだで、彼は澪の師匠《ししょう》を務めようとしてくれている気がする。

「はい。ありがとうございます」

澪はもう一度、頭をさげた。


天気予報が梅雨入りを告げた。ここ数日はずっと雨で、街《まち》全体がけぶって見える。この日は昨夜から細かな霧雨《きりさめ》がしとしとと降りつづいていた。傘をさしていても、髪や肌《はだ》が湿《しめ》り気《け》を帯《お》びる。路傍《ろぼう》では、雨で色褪《いろあ》せる花の多いなか、紫陽花《あじさい》は鮮《あざ》やかさを増して咲き誇っていた。

あれから茉奈にはおかしなことは起こっていない。澪もカフスボタンを八尋に預けたので、これといって怖《こわ》い目には遭《あ》っていなかった。雨とともに活発になった邪霊には、参っていたが。雪丸が大忙しの大活躍である。

学校からの帰り、波鳥とともにバスに揺られていると、ぐっしょりと濡れそぼった男か女かもわからない人影が隣に現れる。ぽたり、ぽたりとしたたる雫が澪の足もとを濡らし、冷気《れいき》で半袖《はんそで》から伸びた腕に鳥肌《とりはだ》が立つ。こうしたことはしょっちゅうだった。その都度《つど》、雪丸に追い払ってもらう。

バスから降りてため息をつく。傘を開いて歩きだそうとしたとき、行く手に見える坂道の曲がり角に、黒い陽炎が佇んでいるのに気づいた。いつもはいないのに……と思い、目をそらす。

「べつの道から行きましょうか」

邪霊に気づいた波鳥が言う。迂回《うかい》することはできるが、遠回りだ。

「いいよ。道の反対側に寄って、知らんぷりしてれば大丈夫だから」

そう言って澪は歩きだす。邪霊がいるたび、遠回りしていては、このさき困る。いざとなれば、雪丸もいる。邪霊のいる側と反対の端《はし》っこを、澪はうつむいて歩いた。近づくにつれて、傘の下からひそかにうかがう。そこに佇んでいたものは、黒い陽炎から、男の姿になっていた。二十代……いや、三十代くらいだろうか。うなだれて立っているので、顔の造作《ぞうさく》はよく見えない。薄暗い雨のなかでも、男の姿はさらに影をまとったように暗い。白いシャツを着て、下はベージュ色のスラックスを穿《は》いているように見える。足もとは脛《すね》のあたりまで濡れて、色が変わっていた。

澪は、茉奈の話を思い出した。白いシャツを着た男……。共通するのはただそれだけだ。だが、澪は茉奈の見た男とおなじに違いない、と感じた。足をとめる。男の姿は向かいにあった。

「澪さん……?」

案じた波鳥がひかえめに呼びかけるが、澪は「大丈夫」とだけ小さく返した。

男はうなだれて立っているだけで、こちらを見ることも、襲《おそ》ってくる様子もなかった。そぼふる雨が男の姿を霞《かす》ませている。しばらく眺めていても、男は微動だにしなかった。

——なにか伝えたいことがあるのだろう。

だが、きっとこの男はそれを伝える言葉を持たないのだ。

澪はふたたび歩きだす。もしかして、と予想していることがあった。くれなゐ荘に帰ると、八尋から、「あのカフスボタンのこと、わかったで」と言われた。ああ、これだろう、と思った。

「あれはな、大正時代の彫金師の作やて。なんでわかったか言うたら、あれと揃いのカフスボタンが見つかったからや。古物商がさる旧家から買い取った片方だけのカフスボタンがあってな、それは誰が作ったもんかわかっとったから。さる旧家ていうんが、小真立家。話に聞いてたお墓の家やな」

居間でお茶を飲みながら、話を聞いた。雨が降っていると、外の音は遮断《しゃだん》されて、とても静かだ。

「小真立家は、もう京都に住んでへんのやて。ちょっと前に本家のおじいさんが亡くなって、それで家も土地も処分したそうや。蔵《くら》にあった美術品やらがらくたやらも一切合切《いっさいがっさい》、処分された。で、カフスボタンも売られたわけやな。そのときから片方しかなかったらしい」

「じゃあ、お墓に落ちてたあれは……」

「なんやろな。もっと詳しいことは、直接訊いてきて。その古物商に」

八尋はポケットから名刺《めいし》のようなカードをとりだす。名刺ではなく、ショップカードだ。

「これ、その古物商のお店な。骨董店《こっとうてん》。寺町《てらまち》二条《にじょう》にある」

ショップカードは白地に黒い字で店舗《てんぽ》名が記された、シンプルなものだった。『如月堂《きさらぎどう》』とある。活版印刷だろうか、文字がへこんでいる。

「あの……麻生田さん」

ショップカードを見つめながら、澪は言った。

「さっき、帰ってくる途中で、男のひとを見ました。たぶん、お墓の前に立ってたひと……」

「へえ」

八尋はちょっと天井《てんじょう》を見あげて、

「ほな、核心に迫っとる、てこととちゃうかな」

「わたしもそう思います」

早く、わかってほしい――そうあの男は訴えている気がした。襲ってくる邪霊よりも、彼のほうが、長い年月をかけて濾したような、底の深い強い想《おも》いを感じた。


日曜日、澪は寺町二条に向かった。波鳥と漣が一緒である。澪は紺《こん》のシャツワンピース、漣は紺のシャツに黒いパンツ、波鳥は白地に黒の水玉柄《みずたまがら》のブラウスに紺のスカートと、申し合わせたわけでもないのに、揃えたような格好《かっこう》になった。

叡山《えいざん》電鉄の一乗寺《いちじょうじ》駅から電車に乗り、出町柳《でまちやなぎ》駅で京阪《けいはん》電車に乗り換える。神宮《じんぐう》丸太町《まるたまち》駅で降りると、鴨川《かもがわ》にかかる橋を渡り、丸太町通《どおり》を西へと歩いてゆく。寺町通まで至ると、角《かど》を左へと折れて南に向かう。目指す骨董店は、寺町通沿い、二条通をいくらか北へあがったところにあった。

まだ午前中、それも雨が降っているせいか、ひと通りはすくない。静かなものだった。通りにあるのが、ギャラリーや骨董店といった落ち着いた雰囲気《ふんいき》の店だからかもしれない。『如月堂』もそのひとつだった。古びた京町家《まちや》といった風情《ふぜい》の店構えで、店の名を記したガラス戸も年季が入っていた。騒々《そうぞう》しさとは無縁の、侘《わ》びた佇まいがいい。

店のなかも静かだった。入り口近くには手頃な値段の染付皿《そめつけざら》やそば猪口《ちょこ》が並び、売り物なのか飾《かざ》りなのか、色絵の鉢《はち》に植えられた盆栽《ぼんさい》も置いてある。艶《つや》と黒みを帯びた階段簞笥《たんす》や帳場簞笥《ちょうばだんす》が、いかにも骨董店という雰囲気を醸《かも》し出していた。机に金魚鉢が置いてあり、赤い金魚が一匹、泳いでいた。かわいらしい。

店内には客も店員らしきひともいなかった。澪と波鳥が戸惑って顔を見合わせるいっぽう、漣はかまわず奥へとどんどん進んでいった。

「すみません」

漣は暖簾《のれん》のかかった奥へと声をかける。暖簾は季節によって使い分けているのか、青地に蛙《かえる》が描かれたものだった。店全体に店主の細やかな気配りが行き届いているようで、居心地《いごこち》のよさを感じる。暖簾の向こうから現れた店主のひとのよさそうな顔を見て、澪は納得《なっとく》するものがあった。

「電話をしていたもので、すみません」

柔和《にゅうわ》な笑《え》みを浮かべる店主は、四十代半ばくらいの男性だった。言葉のイントネーションが関西のものではない。京都のひとではないのだろうか。薄縹《うすはなだ》の単衣《ひとえ》に角帯《かくおび》姿の店主は、熊坂弥生《くまさかやよい》と名乗った。苗字はいかついが、名前は彼の雰囲気どおりやわらかい。

「麻績《おみ》さんでしょう？　麻生田さんからうかがってます。どうぞ」

店の片隅《かたすみ》に、応接用らしい場所が作ってある。弥生は澪たちに長椅子《ながいす》に座るようすすめてから、奥に引っ込んだ。ふたたび出てきたときには、手に小さな桐箱《きりばこ》を持っていた。それを弥生はテーブルに置き、向かいの椅子に腰をおろした。

「麻生田さんとは、彼が学生だったころからのつきあいで……こないだ、事故に遭ったんですって？　大きな怪我《けが》がなくて、幸いでしたねえ」

おっとりと話す弥生に、空気は弛緩《しかん》する。この店のなかでは、ときの流れがゆったりとしているように思えた。だが、それに身を任《まか》せるわけにもいかない。

「あの、カフスボタンのことなんですが」

澪はバッグからハンカチにくるんだカフスボタンをとりだす。ハンカチごと、テーブルに置いた。弥生は身を乗りだしてカフスボタンを凝視《ぎようし》した。

「メールで写真を送ってもらっていたんですが、やっぱり、こちらと揃いのようですね」

と、弥生は桐箱の蓋《ふた》をとった。その瞬間、澪は思わず身を引きそうになった。蓋の隙間《すきま》から、どろりと黒い陽炎がにじみでてきたからだ。

陽炎はゆるやかに伸び上がり、薄くなって、霧散《むさん》した。消えたのか、どこかへ逃げたのか。ひとまず澪は、箱の中身に視線を戻した。

なかにあったのは、澪がとりだしたものとよく似たカフスボタンだった。形はおなじだが、彫り込まれた模様がすこし違う。細く入った斜線に加えて、蔓と葉が彫り込まれている。そこだけ色合いが黒みがかっていた。

「これは、雨と定家葛《ていかかずら》を表しているんです」

弥生が言った。「四分一《しぶいち》という素材で作られているんですが……四分一というのは合金です。銅と銀、それに金の。朧銀《おぼろぎん》とも呼びます。定家葛の部分は烏金《からすがね》。銅と金の合金です。これらは色金という技巧《ぎこう》です」

説明しながら、弥生はふたつのカフスボタンを並べる。どう見ても一対《つい》の品だった。

「雨と定家葛で、謡曲《ようきょく》『定家』の趣向ですよ。ふたつ揃わないとわからない。凝った代物《しろもの》です。これは京都にいた彫金師が小真立家の依頼を受けて作成し、納品したものだそうです」

「『定家』……」

「妄執《もうしゅう》と情念の物語ですよ。死んでもなお離れられない男女の。男は死後も葛となって女の墓に絡みつく。男は藤原定家、女は式子内親王《しょくしないしんのう》です」

簡潔に弥生は語った。澪はふと、視界の隅に人影を見る。店の隅に、誰かいる。女……若い女だ。着物を着ているらしい。澪はそちらに目を向けることができなかった。女が立っている場所は、澪たちよりも奥で、そこに行くには澪たちの横を通らなくてはいけない。だが、誰も通ってなどいなかった。それ以前に、澪たちのほか、誰も店に入ってきていない。

――さっき箱から出てきた邪霊……。

それが形を成《な》している。澪はちらりと漣と波鳥をうかがった。ふたりとも気づいている。波鳥の顔はすこし青ざめていたが、漣は、『静観しよう』と目が言っていた。澪は小さくうなずく。弥生から話をぜんぶ聞いてしまうのがさきだ。

「小真立家の依頼と言いましたが、実際のところ、その家のお嬢さんからの依頼だったそうです。そのお嬢さんは、半年後に資産家へ嫁《とつ》ぐことが決まっていました。ところが、このカフスボタンが届けられたあと、お嬢さんは首をくくって死んでしまったんです」

澪はひそかに息を呑み、着物姿の女のほうへ視線を向けそうになるのをこらえた。

「さらにその後、彫金師も首をくくって死にました」

「カフスボタンの祟り……？」

漣がつぶやいた。弥生はかぶりをふる。

「お嬢さんと彫金師は、恋仲だったんですよ。それがかなわず別人のもとへ嫁がねばならなくなって、お嬢さんは首をくくったんです。彫金師はあとを追ったわけですね」

「心中……みたいなものですか」

澪が言うと、「そうですね」と弥生は言った。

「『みたいなもの』であって、一緒には死んでいないわけですが……。でも、申し合わせていたのかもしれません。その理由がカフスボタンで──」

弥生はカフスボタンに目をやる。

「ふたりはこのカフスボタンを片方ずつ持って、死んでいたそうなんです。お嬢さんは定家葛のあるほうを、彫金師は雨だけのほうを。もともと、そういうつもりでカフスボタンを作らせたのかもしれません」

カフスボタンなら、ひとつずつ、わけあえる。死ぬときに。——そういうことか。

「小真立家には、それからお嬢さんの幽霊が出るようになったそうです」

澪はふたたび隅に立つ女のほうへと目を向けそうになり、あわてて反対側を見た。

「カフスボタンは蔵にしまい込まれたそうなんですが、そこに出たと。なにをするでも言うでもなく、ただ立ってるだけだったそうですが。幽霊が出るなんて噂《うわさ》が立つと困るからと、その蔵には身内しか出入りせずに、供養《くよう》だのお祓いだのもしてこなかったそうで……家財を整理した小真立さんは、そういう世間体《せけんてい》ばかり気にするふうがいやで家を出たんだとおっしゃってました。蔵の幽霊を見たこともあったんだそうですよ。きれいでかわいそうな女のひとだったと……」

しんみりとした口調《くちょう》で弥生は言った。

「若王子山にあるお墓は、代行業者に頼んで定期的に掃除をしてもらってるんだそうです。家を離れてから一度も墓参りにも行ってないとか。昔から、蔓はどれだけ取り除いても、つぎに来たときには絡みついてるそうで。彫金師が持っていたカフスボタンがどうして墓の前に落ちていたのか、それは小真立さんにもわからないそうです。その件をお話ししたら、両方合わせてお祓いしてほしいと頼まれました」ですので——と、弥生はカフスボタンをふたつとも桐箱に収めて、漣のほうへと押し出した。

「私からもお願いします」

漣が澪をちらりと見た。澪は、このときはじめて、店の隅に佇む女へと顔を向けた。女のいるところだけひどく暗く、うつむいた顔はよく見えない。結《ゆ》った髪がほつれて頰にかかっている。象牙《ぞうげ》色の地に秋草をたっぷりと描き、そのところどころを金糸銀糸《きんしぎんし》で縁取《ふちど》った、豪奢《ごうしゃ》な振り袖を身にまとっていた。着物が華やかであるぶん、うつむく女は憐《あわ》れに見えた。

ただ——気になっていることがある。

澪は店内をぐるりと見まわした。店の外にも、ガラス戸越しに目を凝らした。あの男がいないのである。カフスボタンに憑いていた男。女はここにいるのに、代わりに男が姿を見せなくなってしまった。どうしてだろう。

いま、ここにカフスボタンは一対、揃った。恋仲で、添い遂《と》げられず死んでしまったふたりなのであれば、これで再会が叶《かな》うではないか。この時点で成仏《じょうぶつ》したって、おかしくないのに。

「澪さん……？」

波鳥が気遣《きづか》うように声をかける。うん、と澪は生返事《なまへんじ》をした。

――なにかが足りない。男が現れない理由があるはず。

それがわからないかぎり、祓えない。

「彫金師のかたの事情って、わかりませんか」

澪の唐突《とうとつ》な言葉に、弥生は目をしばたたいた。

「彫金師の……。さっき話した以上のことですか？　名前とかそういう？」

「いえ、さっきのお話は、小真立家側から見たお話ですよね。彫金師の側からのお話が聞ければと思ったんです。無理でしょうか」

もし家族や友人知人がいても、とうに亡くなっているだろう。女の話は、小真立家に伝わっていたから、聞けたのだ。

「そうですね……ちょっと、事情を知るひとがいるかどうか、伝手《つて》を頼って調べてみましょう」

弥生は自信なさげな顔をしながらも、そう答えてくれた。

「ありがとうございます」

澪は頭をさげる。いやいや、と弥生は笑って手をふった。

「お祓いをお願いしているのは、こちらですからね。なんでも協力します」

やわらかな声音《こわね》で言われると、ほっとする。これくらい人当たりのいい人間になりたいものだ、と澪は思った。

桐箱を手に、澪たちは店を出た。小雨《こさめ》が降っているので傘をさして、丸太町通に向かって歩きだした。

「どうするつもりなんだ？」

前を歩く漣が訊いてくる。澪はうしろをふり向いた。雨のなか、通りの端に女が立っている。さきほどの振り袖の女だ。男の姿は見えない。

「男のひとが現れなくなってる」

前に向き直りそう言うと、漣が周囲を見まわした。澪は言葉をつづける。

「カフスボタンをそれぞれ持って死んだなら、一対揃えば満足して消えるのかなと思ったんだけど、そうじゃないみたいだから」

「男の側になにか事情があるんだろうと？」

澪はうなずいた。

「ふうん」と言ったきり、漣はなにも言わない。

「なにか意見ないの？」

と訊いたが、

「これも修行の一環《いっかん》なんだろ。自分で考えろよ」

突き放す言いかたにムッとする。『自分で考えてみ』とは八尋にも言われたが、言いかたでこうも違うものか。

「自分で考えたようにやってみろ、っていうことなんじゃありませんか」

波鳥があわてて取り成す。「叱咤激励《しったげきれい》みたいな……」

「そういうことだよ」

漣がすました顔で言うので、

「なら、そういう言いかたしてよ」

澪は口を尖《とが》らす。「波鳥ちゃんに気を遣わせて。年上のくせに」

漣は澪をにらんだが、波鳥がいるからか、憎まれ口はたたかなかった。

意外にも、弥生からはその日のうちに連絡があった。

「彫金師の兄弟子《あにでし》が、知人に話したことがあったそうで。さらにその又聞きにはなるんですが、話を覚えていたひとがいたんですよ。僕とおなじ骨董屋をしていた、隠居したおじいさんなんですけどね」

電話口で弥生は言った。

「ふたりが恋仲だったことは、お嬢さんの友人数人と、その兄弟子しか知らなかったそうです。お嬢さんと職人ですからね。親にでも知られれば、大反対されますから。兄弟子は彫金師の男性からたびたび相談を受けていたそうで……。お嬢さんの嫁入りが決まったときにも、相談されたそうです。一緒に死んでくれと言われている、と。心中を持ちかけられていたんですね。男性としては、お嬢さんを死なせたくない、という思いだったそうです。だから断った。兄弟子もそれでいい、死ぬことはない、と言ったとか。それでお嬢さんもあきらめたと思ったら、死んでしまった。男性はひどく憔悴《しょうすい》した様子で、悔やんでいたそうです。お嬢さんをひとりで死なせてしまった、と。そして結局、男性も……。それでですね、兄弟子は、せめてもと思って、男性が持っていたカフスボタンをお嬢さんのお墓に供えたんだそうです。こっそり」

静かに話を聞いていた澪は、そこで思わず「えっ」と声が出た。

「お墓に？」

「そうなんです。それもお墓にわかるように供えたんでは、取りのけられるか盗まれるかするだろうから、お墓の裏手に生えていた蔓の根元に埋《う》めたんだと」

墓に絡みついていた蔓――。澪は受話器を握り直す。

「で、でも、わたしの友人が言うには、カフスボタンはお墓の前に落ちていたと。それも、汚《よご》れてもなくって……」

カフスボタンは、きれいなものだった。泥にまみれてもいなければ、土が隙間に入り込んでいる様子もなかった。とてもずっと埋められていたものとは思えない。

「雨でぬかるんだところを、野生動物が掘り出したとか……汚れてなかったのは、食べ物だと思って舐《な》めたから、とか？　わかりませんが……。あそこは猪《いのしし》だの狸《たぬき》だのが出るでしょう。山ですからね」

「はあ、まあ、そうですけど……」

そういうものか。

「もっと言えば、男性の執念《しゅうねん》がそうさせた、とか……」

澪はぞくりとして、思わずふり返った。誰もいない。電話のある台所は、昼間なのに雨が降っているせいで薄暗く、静かだった。ぴちょん、と流しの蛇口《じゃぐち》から一滴、水の落ちる音がした。

澪は息を整え、「いずれにせよ――」と声を発した。すこしかすれていた。

「カフスボタンが出現したのは事実ですよね」

「それを、あなたのご友人が拾ったのも、ですね」

すべてのことに、意味があるのか。あの男は、祓ってほしくて、澪のもとに辿《たど》り着いたのだろうか。

「……男性はずっとお嬢さんのお墓にいたのに、肝心《かんじん》のお嬢さんは、カフスボタンとともに蔵のなかにいたんですね……」

もしお嬢さんが墓にいたら？　と澪は想像した。そうしたら、ふたりは会えていたのだろうか……。

考えに耽《ふけ》っていた澪は、「麻績さん？」と呼びかける弥生の声にわれに返った。

「あ、す――すみません。考え事をして」

「この話、参考になりましたか」

「はい、とても」

それはよかった、と笑っているのが手に取るようにわかる声で弥生は言う。澪は礼を言って電話を切った。

ぼんやりとだが、わかってきたような気がした。

「漣兄、漣兄」

澪は部屋の前で漣を呼んだ。

「なんだよ」

戸が開いて漣が顔を出す。澪は彼にカフスボタンのひとつをさしだした。雨だけの柄《がら》のほうだ。男が憑いている。

「これを持って、若王子山墓地まで来てほしいの。男の霊が後をついてくるのを確認して」

けげんそうな顔をしつつも、漣はカフスボタンを受けとる。

「わたしはもう一個のほうのカフスボタンを持って、墓地まで行く」

「別々に持ってくってことか？　なんの意味があるんだ」

「お嬢さんのカフスボタンがあると、あの男のひとは出てこないみたいだから。わたしはさきに行くね。あ、山登りしてもいい服装に着替えてね」

「おい――」

まくし立てて、澪は早々と背を向けた。澪はすでに汚れてもいいTシャツとジーンズに着替えている。玄関に向かうと、波鳥が待っていた。波鳥もまたTシャツとジーンズ姿である。

「なにかあるといけませんから……」

護衛らしいことを言って、澪の傘をさしだす。ありがとう、とそれを受けとり、澪は波鳥とともに玄関を出た。

バス停に向かって歩いていると、澪は道の端に佇む振り袖姿の女を見た。霧雨にけぶるなか、薄ぼんやりと立っている。バスに乗ると、車窓《しゃそう》の向こうにたびたびおなじ女が現れる。影をまとったように全身が薄暗く、顔かたちは判然としない。すでに白川《しらかわ》通の角にあるバス停で降りる。若王子山まではすこし歩かねばならない。

夕方の五時をまわっていたが、夏至《げし》に近づきつつあるこの時季、日没まではまだまだ時間があった。とはいえ雨天なので明るいわけでもない。澪と波鳥はなんとなくおしゃべりをする気分でもなく、傘を片手に黙々《もくもく》と歩いた。

気配《けはい》を感じたのは、若王子山を登りはじめたときである。背中が冷えてきた。重苦しいような濃密な気配が、うしろから漂《ただよ》っている。すこしだけ顔を向けて背後を見れば、鬱蒼とした木々に囲まれた坂道に暗い影が佇んでいた。うっすらと振り袖の女の姿が確認できる。夜の闇《やみ》のなかに立っているかのように暗い。

——ちゃんとついてきてる。

連のほうはどうだろうか。ついてきてますように。そう願いながら、澪は墓地を目指した。

小真立家の墓がある墓地に着いたところで、澪は「あれっ」と声をあげた。

漣がもう到着していたからだ。

「え、なんで……」

「タクシーを使って来た」

たしかにそれならばバスよりは早い。バスだと、バス停まで歩いて、バスが来るまで待って、乗ってからもたびたび停留所でとまり、降りてからも歩かないといけない。一本あとのバスで来ると思っていた澪は面食《めんく》らったが、むしろこのほうがよかったかもしれない、と思った。

墓の前に、男が立っている。白いシャツの彼だ。薄暗い影をまとい、うつむきがちに墓を見つめている。

澪は背後をふり返った。墓地の入り口に、振り袖の女が佇んでいる。澪は小真立家の墓まで道を空《あ》けるように、脇《わき》に退《の》いた。波鳥と漣もそれにならう。

澪がさきに着いていたら、男は彼女の気配を察知《さっち》し、ここまでついてきてくれなかったかもしれない。

気づくと女は、墓のすぐそばまで来ていた。男はまだふり返らない。合わせる顔がないから――だと、澪は思っている。ひとりで死なせてしまった、という悔恨《かいこん》と負い目が、彼にはある。いっぽうで、茉奈に訴えかけて、カフスボタンを拾わせるほどの強い想いもまた、持っている。会いたいけれど、会えない、という矛盾《むじゅん》した苦しみのさなかにいる。

澪がやろうとしたのは、荒療治《あらりょうじ》に近い。どうにか会わせよう、と思ったのだ。

まばたきのあと、女の姿は男の隣にあった。ふたりは並んで墓の前に立っている。

ようやく――という若い女のささやきが、雨に混じって聞こえた気がした。

――ようやく会えた。

女の手が男の背に伸び、たしかめるようにゆっくりと動いた。薄暗いふたりの姿のなか、白い手だけが妙にくっきりと浮かびあがっている。手は背中を這《は》い、女は男にしなだれかかる。背中から離れない手が、墓に絡みつく蔓のように思えた。途端に澪は、己《おのれ》がひどく思い違いをしていたのではないか、と胸騒《むなさわ》ぎを覚える。

――もう放さない。

女の笑い声が墓地に響《ひび》く。じっとりとまとわりつくような笑い声だった。

首をくったあと、女の死霊《しりょう》はこうして男に絡みついていたのではないか……。

男の死後も、蔓がその魂《たましい》を縛《しば》りつけていたのではないか。

男はうなだれたまま、微動だにしない。

「……漣兄、カフスボタンを出して」

澪はふたりに視線を据《す》えたまま、漣のほうに手を出した。漣がどんな顔をしているのだかわからないが、手のひらにカフスボタンがのせられる。澪もまたポケットからカフスボタンを出した。雨と葛のカフスボタン。どんな気持ちで、女はこれを作らせたのだろう。

――ずっと離れない。

そんな声が聞こえてきそうで、ぞくりとした。

澪は男のほうをうかがう。彼の顔は暗い影に覆われていて、見えない。苦しんでいるのか、逃げたいのか、それとも――女に応《こた》えたいのか。

わからない。澪には男の気持ちも、女の気持ちも、わからなかった。

だが、澪は小真立氏からも、弥生からも、『祓ってほしい』と頼まれている。頼まれたからには、祓わなくてはならない。

澪は傘を地面に置き、墓へと近づく。男も女も動かない。澪は墓の前にカフスボタンを並べた。男は、カフスボタンを見つけて、拾ってほしかった――これは間違いない。カフスボタンは一対であるものだ。おたがいが呼び合い、引かれ合い、一対になろうとする。女の存在に辿り着くのは、きっと必然だった。

じっとりと、ふたりを覆う影が濃さを増す。暗く重い、湿った影だった。湿気《しっけ》ばかりが強くなるのに、焦げ臭《こくさ》さが鼻をつく。嗅《か》ぎなれたにおいだった。邪霊のにおい。霧雨が髪や肌を湿らせてゆく。土砂降《どしゃぶ》りならば流れ落ちるものも、この細かな霧雨ではゆっくりと染《し》み込み、とどまるだけだ。

影はいまやひとつとなって、ひとの形を失い、陽炎のようにうねり、絡み合っていた。雨のにおいが濃くなる。湿って淀《よど》んだにおいだ。焼け焦げたにおいが交わり、腐臭《ふしゅう》となる。木の腐《くさ》り落ちたにおいと、黴《かび》が合わさったような。

黒い陽炎が歪《ゆが》んで、伸びあがる。澪は腕をつかまれ、うしろに引っ張られた。黒い陽炎が澪を求めるように伸びてくる。醜悪《しゅうあく》な黒い塊《かたまり》だった。それでいて、ひとを惹《ひ》きつける。女はきっととうにこれに呑み込まれていて、男は逃《のが》れたくて、だが、魅《み》せられてもいたのだ。引き寄せられて、絡めとられて、醜《みにく》い化《ば》け物と成り果てるのを恐れつつ、求めていた。

澪は息を呑む。いままで見たどの邪霊よりも、生々《なまなま》しい濃厚なにおいを発している。鼻を覆いたくなる強いにおいだった。もういっぽうの腕を、そっとつかむ手がある。波鳥だった。つかむというより、すがるというふうだった。手は震《ふる》えている。澪は息を整え、波鳥の手に自分の手を合わせた。

「大丈夫……」

ふう、と深く息を吐く。胸のうちに透明《とうめい》で清らかな泉を思い描く。においは意識から退《ひ》いてゆく。霧雨は、湿って想いをうちにとどめてしまう。川を想像した。水は流れ、やがて海へと辿り着く。禊《みそぎ》とおなじだ。身にまとった古い汚濁《おだく》を、流れる水で脱《ぬ》ぎ捨てるのだ。そうして新しい生へと生まれ変わる。川を流れ、海へと出たさきにあるのは、白く輝く太陽だ。澪の胸中は白い光に包まれる。

「雪丸」

白い狼《おおかみ》が宙に姿を現す。雪丸はくるりと回り、鈴へと姿を変えた。清澄《せいちょう》な音色《ねいろ》が響き渡る。場の空気が変わった。

清々《すがすが》しい白光《びゃっこう》があたりに満ちる。黒い陽炎が端からはらはらと崩《くず》れてゆく。煤《すす》のようになって、その痕跡《こんせき》さえ消えてゆく。焦げたにおいも、雨のにおいさえ、このときは消え失《う》せている。あたりは、ただ白い光に埋め尽くされる。

波鳥に肩を揺さぶられてわれに返ったときには、墓地には邪霊の影も形もなかった。

　墓の前にカフスボタンが落ちている。ぬかるんだ地面がふいに沈み込み、カフスボタンは泥に呑み込まれた。男女ふたりの想いが籠もったカフスボタンは、泥濘《ぬかるみ》にくるまれて、墓の下で眠るのだろうか。

　澪は湿って額《ひたい》に貼《は》りついた前髪をかきあげる。墓に絡みついていた蔓が、いつのまにか剝《は》がれ落ち、枯れていた。邪霊は祓えたのに、気持ちは晴れやかではなかった。ふたりの情念が、まだ体にまとわりついている気がする。

「風邪《かぜ》ひくぞ」

　澪の頭にタオルがかけられた。漣はいつも用意がいい。絆創膏《ばんそうこう》だってつねに持ち歩いている。澪が邪霊のせいでしょっちゅう怪我をしていたからだ。

　傘がさしかけられる。波鳥だ。澪は波鳥に身をよせて、一緒の傘に入った。いまこのとき、ひとりでなくてよかった、と思う。もしひとりだったら、邪霊の影の濃さに引きずられて、絡めとられていたのではないか。邪霊は消えたが、泥に呑み込まれた心ふたつは、墓の下に眠っている。

　澪は無言のまま、墓に向かって手を合わせた。

雨に濡れたからか、邪霊に接したせいか、澪は熱を出して寝込んだ。熱に浮かされながら思っていたのは、あのふたりと、高良《たから》のことだった。蔓の絡みつく墓。死んでも消えない情念。離れたくとも離れられない、逃げたいのに求めてしまう、引き寄せられてしまうふたり。脳裏《のうり》に手をとりあう男女が浮かぶ。それが高良と澪の顔に変わる。いや、巫陽《ふよう》と、多気女王《たきのおおきみ》だ。

巫陽はいつまで、多気女王を想いつづけているのだろう。

澪ではない。そこにいるのは、高良でさえない。存在するのは高良と澪であるのに、そこにいるのは、巫陽と多気女王なのだ。

胸のなかが、どろりと溶《と》けて、うねっている。泥濘のように。そのなかに、澪の意識は沈んでゆく。

澪は、たぶん、泥のなかにいる。

雨宿り

隣家からもらってきた紫陽花《あじさい》を、玉青《たまお》が半紙でくるみ、水引《みずひき》を巻きつけている。軒先《のきさき》に吊《つ》るすのである。

「紫陽花を吊るしておくとな、その年一年、病気せんとか、厄除《やくよ》けになるとか、お金に困らへんとか言うんよ」

へえ……と、澪《みお》は煎餅《せんべい》をかじりながら玉青の作業を眺《なが》めている。ざらめのまぶされた、甘辛《あまから》い醬油《しょうゆ》煎餅である。

「どうして、紫陽花なんですか？　魔除けの意味があるとか？」

と訊《き》けば、

「よくわかってへんねん」

と答えたのは、八尋《やひろ》だった。八尋も澪の向かいでやはり煎餅をかじっている。

「一説には、蜂《はち》の巣を模《も》してるんやないかとも言うけど」

「蜂の巣？」

「ドライフラワーになった紫陽花は、茶色いやろ。丸いし。そやから、蜂の巣に見立てとるわけやな。蜂の巣は縁起物で、厄除けになるとか、商売が繁盛《はんじょう》するとか、お金が貯《た》まるとか言われとるんや。古い家には飾《かざ》ってあるん、見たことあらへん？　玄関に吊るしてあったり、ガラスケースに入っとったり」

「あ、玄関に飾ってるおうち、見たことあります。どうしてだろって思ってましたけど」

「蜂や蜂の巣のなかは黄色くて、蜂蜜《はちみつ》を溜《た》め込んどるから、金運上昇。ひっきりなしに蜂が出入りするから、客がたくさん来る、イコール商売繁盛。……みたいな考えかたやな」

なるほど、と思う。

「紫陽花は、蜂の巣より入手しやすいでな。刺される心配もないし。そやから代替《だいたい》品《ひん》になったんやろか。ようわからんけど。でも、よそのお宅の庭から失敬してこなあかんとか、それを見つからんようにせなあかんとか、土用《どよう》の丑《うし》の日にとってくるとか、土地によって微妙に決まり事やタブーが違う。蜂の巣ほど広まっとる風習やないけど、どこが発祥《はっしょう》なんやろな」

「うちは庭に紫陽花がないさかい、どうしたってよそからもろてこなあかんわ」

玉青が言う。「よし、できた」と紫陽花を目の前に掲《かか》げる。

「ほな、八尋さん」

「はいはい」

八尋は去年の紫陽花と付け替える役目を仰《おお》せつかっている。背が高いからだ。八尋は縁側《えんがわ》に出て、ガラス戸を開ける。そこに脚立《きゃたつ》が置いてある。外は小糠雨《こぬかあめ》が降っていた。脚立に足をかけて、八尋は軒先に吊るされた紫陽花を取り替える。古い紫陽花を受けとった玉青は、居間《いま》を出ていった。

「今年の梅雨《つゆ》はよう降るなあ」

ガラス戸を閉めて、居間に戻ってきた八尋がつぶやく。「なんか妙に冷えるし」と、めくりあげていたシャツの袖《そで》をおろす。

「澪ちゃん、熱はもうすっかり下がったん？」

「はい、大丈夫です」

「そらよかった。漣《れん》くんと波鳥《なとり》ちゃんは、どっか出かけとるん？　今朝《けさ》から姿見かけへんけど」

「漣兄《にい》は大学の図書館で、波鳥ちゃんはお兄さんと出かけてます」

「いっぺんにふたりおらへんと、えらい静かに感じるなあ」

「春までは漣兄も波鳥ちゃんもいませんでしたけど」

「まあそうなんやけど」

八尋はちらと柱の時計を見やる。「そろそろ僕《ぼく》も出よかな」

仕事である。澪は熱が下がったばかりの病《や》み上がりだからと、ついてこないよう言われている。

「運転、気をつけてくださいね」

「はは、肝《きも》に銘《めい》じるわ。――澪ちゃんも、病み上がりなんやから気ィつけや」

出かけようとしているのを見抜かれたようで、澪はどきりとした。澪はくれなゐ荘に引っ越してきたころ、外出のたびに怪我《けが》をして帰ってきたので、ひとりで出歩かないよう玉青に言いつけられているのである。

だが、たいていの邪霊《じゃれい》なら雪丸《ゆきまる》が追い払ってくれる。なにより、家に閉じこもっていては、高良《たから》に会えない。

べつに、恋い焦《こ》がれる気持ちで会いたいというのではない。春から顔を合わせていないので、最近の様子が気になるだけだ。

――そう、それだけのこと。

だから、そろそろ会うべきなのだ。そのためには、ひとりで外に出なくてはならない。

八尋が出かけたあと、澪は台所をうかがう。晩ご飯の下ごしらえなのか、玉青は流しに向かっていた。朝次郎《あさじろう》は知人宅へ碁《ご》を打ちに行っている。

そろりと足音を忍《しの》ばせ、澪は玄関に向かう。静かに引き戸を開けて外に出ると、いつのまにか雨がやんでいた。空を見あげると、虹《にじ》がかかっている。雨がやんでるなら荷物になるだけ、と傘《かさ》は持たずに門を出た。どこへ向かうかすこし迷い、狸《たぬき》谷山《だにさん》不動院《ふどういん》に行くことにする。なんとなくだ。

なだらかな坂道をゆっくりと歩く。路面は濡《ぬ》れている。家並みの向こうに見える木々も濡れそぼり、緑の色を濃くしていた。坂道は曲がりくねり、民家のうしろには林が迫る。山間《やまあい》にあるのに、このあたりはまだ山の気配《けはい》が薄《うす》い。街《まち》の賑《にぎ》わいが近いからか。ときおり空《あ》き家《や》らしい建物があり、旺盛《おうせい》に育った草が澪の腰あたりまで茂《しげ》っていた。背の高い杉の木立《こだち》が空を覆《おお》い、薄暗い。山の薄暗さは、黄昏時《たそがれどき》だとか、夜の廊下《ろうか》だとか、そういう暗さとはまた違う。明るいのに暗い。不思議な感じだ。緑の息吹《いぶき》が影になっているかのようだった。

ふと、澪は足をとめる。生《お》い茂った草の陰《かげ》に、細い路地があった。

――こんな道、あっただろうか。

不動院までは一本道で、脇道《わきみち》はない。そう思っていたが、あるのだろうか。どこへつながっているのだろう。民家へとつづく袋小路《ふくろこうじ》だろうか。奥のほうを覗《のぞ》き込んでみるが、ただ茂った森があるだけのように見える。ふらりと路地に足を踏み入れたのは、ふだん気づかない道に今日気づいたことに意味があるかもしれないと思ったからだ。

路地は両側を木と藪《やぶ》に挟《はさ》まれている。蛇《へび》でも出てきそうだ。鬱蒼《うっそう》とした木立のおかげか、あたりはひんやりとしていた。梅雨に入る前は真夏かと思うほどの暑い日があったりもしたが、最近はむしろ急に冷えるときがあって、服装に困る。梅雨冷えというものだろうか。今日はTシャツとジーンズの上に薄手の白いシャツワンピースを羽織《はお》って、調節しやすいようにしている。

歩いていると、右手に竹垣《たけがき》が見えてくる。奥には瓦《かわら》屋根の日本家屋《かおく》があった。

――へえ、こんなところにも家があったんだ……。

古い家のようだった。近づいてみて、どうも空き家らしい、と感じる。雨戸は閉め切られているし、雨樋《あまどい》には枯《か》れ葉が溜まっている。竹垣も紐《ひも》が切れて崩《くず》れかけた箇所《かしょ》がところどころあり、黴《かび》がひどい。ひとの気配がまるでなく、家全体にうら寂しい雰囲気が漂《ただよ》っていた。

門は木戸門で、格子戸《こうしど》は閉まっている。戸の手前、下のほうに竹でつっかえ棒がこしらえてあり、なかに入れないようになっていた。やはり空き家なのだ。

格子戸の向こう、門のすぐそばに紫陽花が植えられている。青みを帯《お》びた薄紫《うすむらさき》の紫陽花だった。

紫陽花を眺めながら前を行き過ぎようとしたとき、頬《ほお》にぽつりと雫《しずく》があたった。上を向くと、いつのまにか鈍色《にびいろ》の雲が垂《た》れこめていた。ぽつ、ぽつと地面に水玉模様《みずたまもよう》ができてゆく。大粒《おおつぶ》の水玉だ。これは土砂降《どしゃぶ》りになるぞ、と思った。澪は木戸門の下にすばやく駆け込む。思ったとおり、雨はまたたくまに激しく地面を打ちはじめた。景色《けしき》が白くけぶる。

——通り雨かな。

そうだといいのだが、と祈る思いで天を仰《あお》ぐ。最近は通り雨のような大雨が長い時間降りつづくことも増えている。ざっと短時間降ってすぐにやむくらいなら、地上が洗われるようで爽快《そうかい》にさえ感じるのだが。

そんなことを考えていると、門の軒下にすっと人影が入ってきて、やはり雨宿りに来たひとかとそちらに顔を向けた澪は、「あっ」とかすかな声をあげた。

高良だった。

胸にエンブレムの入った水色のシャツにダークブラウンのスラックスという、もはや見慣れた制服姿だ。高良は髪や腕についた水滴《すいてき》を鬱陶《うっとう》しそうに払《はら》って、澪にちらと視線だけ向けた。涼《すず》しげな目だ。肌《はだ》は陶器のような、というよりガラスのような繊細《せんさい》さがあり、透《す》き通るように白い。薄い唇《くちびる》の血色はよく、白い肌の上でひときわ紅《あか》く映《うつ》る。漆黒《しっこく》の髪はつややかで、雨ですこし濡れているのがあでやかにさえ見えた。

ひさしぶりに間近《まぢか》に顔を見たが、やはり美しいと思う。じっと見つめていると、高良は不快そうに眉《まゆ》をひそめた。

「じろじろ見るな」

「ひさしぶりだから」

言い訳するように言って、澪は視線を外《はず》した。前を向く。高良のような顔をしていると、よく凝視《ぎょうし》されるのだろう。不愉快には違いない。

「もう元気になったの？」

尋《たず》ねるが、返事はない。ふたたび高良のほうを向くと、不機嫌《ふきげん》そうな顔をしていた。

「日下部《くさかべ》が、よけいなことを」

ああ――弱っていることをばらされて、ご立腹《りっぷく》なのか。

「でも、そういうことは言ってくれたほうが、助かるんだけど。なにかあったら困るでしょ」

「なにかはない。毎回、じゅうぶんに対策してる」

「そういうことじゃなくて――」

澪は言葉をさがしてすこし黙《だま》り、

「言われないほうが、心配になるんだよ」

と言った。

高良が澪のほうに顔を向ける。瑞々《みずみず》しいきれいな瞳《ひとみ》が澪を映している。

「すこし会わないあいだに、ずいぶん素直になったんだな」

こんな口ぶりも、妙に懐《なつ》かしい気分になる。姿を見ずにいたのは、ひと月半くらいだったろうか。

「あなたは、ちっとも変わりないようで、元気そうね」

そう返すと、高良は唇の端《はし》をあげてちょっと笑った。

「まだ本調子じゃない。だから街なかをうろついて、邪霊を食ってる」

澪は、口を開いたまま、固まった。そうだ。そうだった。彼は邪霊を食うのだ。はじめて会ったときも、彼は邪霊を食っていた。彼はああして生きなくてはならない。食わねばならないのだ。それが彼の糧《かて》だから。

邪霊を求めて街なかをさまよう高良を想像して、澪は言葉が出てこなかった。

「……いまは、やっぱり邪霊が多いの？」

胸によぎった思いは奥に押し込んで、そんなことを訊いた。高良は顔を前に戻し、「増えてきているところだ」と答えた。

「もうすぐ夏至《げし》だからな」

そういえばそんな話を聞いた、と思いながら、

「ええと……陰《いん》の気が増すんだっけ」

「夏至で反転する。冬至《とうじ》で陰の気は極《きわ》まり、以後、小さくなってゆく。逆に陽《よう》の気は冬至で萌《きざ》し、徐々にふくらんでゆく。それが反転するのが夏至だ」

「陽の気が小さく、陰の気がふくらんでゆく……」

「そのうえ、雨が陰気を招く。夏至の前から陰は萌している」

澪はふと、

「陰と陽の出合うところなんだね」

という言葉が口をついて出た。高良は澪の顔をまじまじと眺め、「そうだ」と言った。

雨が地面に薄く水を張り、水紋《すいもん》ができた瞬間に消える。雨音はうるさいはずなのに、妙に静かに思えた。高良の濡れた髪に触れてみたいと思う。濡れた髪がひと筋《すじ》、額《ひたい》に貼《は》りついている。それに触れてみたかった。

高良が澪のほうに手を伸ばす。高良は手まで美しい。青い血脈《けつみゃく》の透けた皮膚《ひふ》は白くなめらかで、指は長く骨張《ほねば》っている。爪《つめ》は桜色で、つややかだ。その指のさきが澪の頬に触れそうになった。

寸前で高良は手をとめ、こぶしを握る。澪がなにか言う前に、高良は門の奥へと視線を向けた。つられて澪もそちらを見る。門の格子戸の向こうにあるのは、玄関だ。踏み石が門からつづいている。磨《す》りガラスの引き戸があって――。

開いていた。

閉じていたはずの玄関の戸が、開いている。開いた音もしなかった。空き家ではなかったのか。いや。

気配がする。すこしずつ、集まっている。開いた戸の奥、三和土《たたき》のさらにさき、上《あ》がり框《がまち》のあたり。凝視するうち、薄く黒い陽炎《かげろう》が、四方からゆらゆらとそこに吸い寄せられるように集まってゆく。しだいに陽炎は濃くなり、形ができ、ひとの姿を現しはじめる。正座したひとの形だ。老婆らしい、とわかりはじめる。白髪《しらが》を束《たば》ねた、藤色の着物姿の、老婆だ。両手を膝《ひざ》の上にのせて、心持ち首を左に傾けている。うつむいているので、顔は陰に隠れている。

「大したものじゃない。おまえに引き寄せられて形を成《な》したな」

高良が言った。澪は呼吸を整え、体のこわばりをほどく。

ぼんやりとした、和紙ににじんだ薄墨《うすずみ》のような声がした。はじめ、言葉ははっきりとしなかったが、何度もおなじ言葉をくり返すうち、『紫陽花』と言っているらしい、とわかった。言葉が明瞭《めいりょう》になってゆくと、声はしゃがれた、しかしわずかにつやのある、人間味を帯びた老婆の声になった。

──あじさい……。

「紫陽花を、早《はよ》うとってこなあかん」

老婆はそうくり返している。

「そうせんと、また叱《しか》られる……お姑《しゅうとめ》さんに……ああ、いやや……」

はああ、と老婆は深いため息をつく。姿も声も老婆なのだが、口調《くちょう》は妙に若い。

「紫陽花は三軒さきのあのおうちがいちばんきれいやけど……いややわ……あそこの紫陽花を、また今年もとりに行かなあかんのか……」

いやや、いやや、と老婆はしきりにくり返している。老婆はそうやってぶつぶつとしゃべるだけで、こちらになにかしてくるでもない。顔さえあげず、澪たちがいることなど、どうでもいいみたいだ。高良は退屈そうに門によりかかり、降りしきる雨を眺めている。『大したものじゃない』と言っていたし、この様子からすると、放っておいてもいい、ということなのだろう。とはいえ気にせずにもいられないので、澪は老婆のほうを見ながら、その話を聞いていた。

「相槌《あいづち》は打つなよ」

ぼそりと高良が言う。「問いかけてもだめだ」

澪は「わかった」とうなずいた。

「ほんまになあ……あそこの紫陽花はなあ……爺《じい》さんがいやはるさかい……」

——爺さん？

と思わず口に出かかって、澪はぐっと言葉を呑《の》み込む。唇を引き結んだ。高良がお見通しのようにあきれた顔をしているので、澪は目をそらした。

「あのおうちの紫陽花は、あの爺さんがよう世話して育てはったもんやさかい……あのおうちで亡くならはったあとも、紫陽花を持ってくことなんか、許してくれはらへん……じいっと番をしてるんや……紫陽花にしがみついて、目をぎょろぎょろさせて……花を盗《と》ろうとするもんの腕をつかんで、爪を立ててくる……あれが痛くて、痛くて……亡者《もうじゃ》の爪いうもんは、あんな長くて尖《とが》ってるもんなんやろか……堪《かん》忍《にん》して、堪忍しとくれやす、そう唱《とな》えて目をきつう閉じて、なんとか花を切ってくるんや……そんなんやさかい、腕には傷が増えるばっかり……」

老婆はうつむいたまま、手をあげ、着物の袖口から白い腕を覗かせた。青白い肌にくっきりと、いくつもの爪痕《あと》が残っている。

「あれは何遍《なんべん》味おうても慣れへん。そおっと紫陽花の枝に鋏《はさみ》入れて、切ろうとすると、奥からにゅうっと手が伸びてくる。骨と皮だけの手や。血管が浮いて、染《し》みだらけで、茶色く濁《にご》った死人の手ェや。それが私の腕をつかんで、握りしめて、締《し》めあげてくる。爪が食い込んで、血が出て、それでも放してくれはらへん。はじめて爺さんに捕まったときは、鋏も紫陽花も放りだして逃げ帰ったわ。お姑さんは怖《こわ》い顔して、もいっぺん行っといで、はよしい、とろい娘やな、てさんざんに罵《のの》しって。爺さんは怖いけど、お姑さんも怖い。泣きながら、紫陽花とりに戻ってなあ」

だんだんと、老婆の舌《した》はなめらかになる。声にもはりが出てくる。

「毎年、毎年、泣きながら紫陽花をとりに行ったわ。そのうち、お姑さんが死なはってなあ、うふふ、便所で転《ころ》ばはって、頭打ってしもたんやわ。半日くらい、誰もそれに気づかんとおって、気づいたときにはもう死んではった。気の毒なことやったわ」

言葉とはうらはらに、声は歌うように弾《はず》んでいた。老婆の姿は変わらないのだが、聞こえる声は若く、二十代くらいに聞こえる。しだいに澪は彼女が何歳くらいなのか、わからなくなった。

「つぎの年は、もう紫陽花とりに行かんでええと思てたんやけどなあ。……そうや、とりに行かんでええはずやったのに……」

声が急に翳《かげ》を帯びる。若い声としゃがれた声を、行ったり来たりした。

「お姑さんが、言わはるもんやさかい……『はよ、紫陽花とりに行き』て。この時季になると、いつも、いつも……大きい声でなあ。寝てるとこ起こされたり、お風《ふ》呂《ろ》入ってるときやったり、ほんまにどこでもいつでもおかまいなしに言うてきはる。紫陽花とりに行くまで、ずっとや。どこまで執念《しゅうねん》深いんやろ。行ったら行ったで、爺さんが腕つかんできはる。誰も彼も、紫陽花、紫陽花、ああもういやや」

老婆は座ったまま、身をよじった。頭が仰《あお》のき、顔が露《あら》わになる。澪は思わず声をあげそうになった。老婆の顔には、黒い面がつけられていた。般若《はんにゃ》の面のようにも見えるが、黒い。漆《うるし》が塗《ぬ》られたように黒々として、つやめいていた。目のあたりがぼうっとほの暗く輝いている。光は目の位置から額のあたり、あるいは顎《あご》のあたりへと、さまざまに移動する。そのたび黒い面はあちこちに皺《しわ》が寄り、うねり、ねじれ、うごめいていた。蛇がのたうつようだった。

見ているのがおぞましく、澪は視線を外した。下を向く。門のさきにある、紫陽花が視界に入る。澪は目を疑った。紫陽花の根元に、老人が寝転がっていたからだ。白髪もほとんどない頭に、痩《や》せこけた頰、くぼんだ眼窩《がんか》。そこにある目がぎょろりと澪のほうを見あげていた。澪と目が合うと、老人は紫陽花の木陰《こかげ》にざっと引っ込み、姿が見えなくなる。だが、そこにいる。紫陽花の陰からこちらをうかがい、花に手を伸ばそうものなら、つかんで爪を立てようとしている。

「しまいに、爺さんはうちの紫陽花に憑《つ》いてしもた……」

老婆がしゃべる。

「私が爺さんの紫陽花を、ぜーんぶ引っこ抜いてしもたさかいにな。ぜーんぶや」

笑い声が響《ひび》く。

「いい気味《きみ》やった。もっと早《はよ》うにそうしてたらよかったんや。せいせいしたわ。それやのに、まあ、ほんまにしつこい爺さんや。そやけどいまはなあ、爺さんが手ェ出してきたら、鍬で突き刺したるんや。これまで腕に爪痕つけられてきたお返しや。ざくざく、ざくざく、突き刺して」

澪は顔を背《そむ》けて耳を覆った。とても聞いていられない。老婆の言葉は呪詛《じゅそ》そのもののようだった。どろりと濁って粘《ねば》ついた、悪臭を放つ汚泥《おでい》のような声音《こわね》だ。

「反応するな」

高良が淡々《たんたん》と言った。

「心をかき乱されるな。さざ波を立てるな。あいつらはそれに気づいて、牙《きば》を食い込ませようとするんだ」

「わかってる……」

邪霊はひとの気を惹《ひ》いて、かかわらせようとする。巻き込んで、とり込もうとする。だから相手にしてはいけないのだ。弱みを見せてはいけない。動じてはいけない。わかってはいるが、澪は酸《す》いも甘いも知り尽くした老獪《ろうかい》な年頃ではないのだ。どうしようもなく心を揺さぶられてしまうことはある。

うふふ……と、老婆のいやな嗤《わら》い声がした。顔を背けていてもわかる。老婆はいま、澪に焦点を合わせている。まっすぐ澪を見ている。あのほの暗い明かりが、こちらを凝視している。

ガタッと格子戸が音を立てた。思わず顔を向けると、地面に這《は》いつくばった老人が格子を両手で握りしめ、澪を見あげていた。視界の隅《すみ》に、玄関が映る。なかは暗い。そこに座っていたはずの老婆が、いまは立っていた。その上半身は暗闇《くらやみ》に紛《まぎ》れ、下半身だけが見える。藤色の着物と、足袋《たび》をはいていない泥まみれの裸足《はだし》。泥が爪のあいだにまで入り込んでしまっているのが、なぜだかこの距離でもよく見えた。上半身は見えないのに。いや、だらりとさげた手は見えている。その手には、花鋏が握られていた。刃先から黒いものが滴《したた》っている。黒い——赤黒い。老婆は、三和土におりた。足の向きは異様なほど内股《うちまた》で、体は斜めに傾《かし》いでいる。きっと、ひとの動きを忘れてしまったのだろう。ずず、と裸足をひきずって老婆は進み、玄関を出ようとする。手がぶらぶら揺れて、花鋏から血が飛び散った。着物の裾《すそ》にも飛んでいる。澪の足もとでは老人が這いつくばり、視線のさきでは老婆が傾きながら近づいてくる。澪は固まっていた。雪丸を呼び、邪霊を追い払って、この場から逃げる。それがいちばんいい対処法だと頭のなかでは冷静に考えているが、体が動かない。浅い呼吸ばかりをくり返した。

ふう、と隣《となり》で高良が息をついた。気づくと高良に腕をつかまれ、引き寄せられていた。いささか乱暴な引っ張りかただったが、おかげで固まっていた体が動く。

「こいつらは俺《おれ》がもらうぞ。いいな」

澪が言葉を返す前に、高良は「於菟《おと》」と声を放った。

高良のかたわらに虎《とら》が姿を現す。高良の職神《しきがみ》だ。於菟は高良が、す、と視線を邪霊たちに向けただけで、やるべきことを理解したようだった。頭を低くして牙を剝《む》き、低い唸《うな》り声をあげる。ぐぐっと前脚《まえあし》に力がこもったかと思うと、つぎの瞬間には跳躍《ちょうやく》していた。於菟の体は格子戸をすり抜け、玄関に向かって駆けてゆく。そのついでのように老人の体に前脚を引っかけ、ぶんと放り投げた。老人の体は宙《ちゅう》を舞い、地面に落ちる。於菟はそれを脚で踏みつけ、爪で引き裂《さ》いた。老人はちりぢりになり、黒いもやもやとした欠片《かけら》になってゆく。ほんの一瞬の出来事だった。於菟は動きをとめることなく玄関に飛び込み、老婆の頭にかぶりついた。於菟が頭をひとふりすると、老婆の体が前のめりに倒れる。その体には首がなかった。於菟は食いちぎった老婆の頭を玄関先に放り出す。さらに老婆の背にのしかかると、体を爪で引き裂き、牙で食らいつく。老婆の頭は黒い靄《もや》に変わり、引き裂かれ、千切《ちぎ》れた体も端からおなじように変じていった。いまや玄関先にあるのはゆらゆらと漂う邪霊の欠片である。高良が手をすっと前に伸ばした。白い指にたぐり寄せられて、黒い靄が集まってくる。手のひらの上でうごめくそれは、陽炎ほどの歪《ゆが》みを持たない、弱々しい靄だった。

高良が両手で包み込むようにすると、靄はすうっと小さく縮《ちぢ》み、彼の手のなかに収まった。片手でこぶしを握る。開くと、そこには黒い小さな石があった。何度も丁寧《ていねい》に漆を塗り重ねたような黒、冬の夜の闇を漉《こ》して凝縮《ぎょうしゅく》させたような黒だった。高良はそれを飲み込む。前にも一度見た光景だ。彼は邪霊を食う。そうやって生きている。

——どんな気分だろう。

邪霊を食うというのは。

暗い雨空の下を、邪霊を求めてさまよう高良の姿が思い浮かんで、澪はふいに氷の薄い刃《やいば》で胸を突かれたような、冷たく儚《はかな》い痛みを覚えた。

高良の横顔は、静かだ。凪《な》いでいる。もうとうに苦しみも痛みも過ぎ去り、あきらめきった横顔だった。

彼も昔は——巫陽《ふよう》として生きていたころは、朗《ほが》らかに笑うこともあったのだろうか。千年蠱《せんねんこ》になってからも、楽しいことはあっただろうか。多気女王《たきのおおきみ》と出会い、どんな日々を過ごしたのだろう。穏《おだ》やかで、幸せなものだったのだろうか。

「なんだ」

高良がついと澪のほうに顔を向け、問う。澪は、彼に訊いてみたいことがたくさんあった。たくさんありすぎて、もはやなにを訊いていいかわからない。訊いて、彼の傷を覗き込むことも、傷口を開いてしまうかもしれないことも、怖かった。

「……あなたって、昔のことを、どれくらい覚えているの？」

無難に思える、そんなことを訊いた。

「すべて覚えているし、同時にすべてを忘れてもいる」

高良は淡々と、そんな謎かけみたいなことを言った。

「なに？　それ」

「海みたいなものだ」

高良はひとさし指を立て、上から下へすうっと線を引いた。「水面に近いところ、上と下の水が混ざり合っているところ、海の底。俺は記憶をみっつにわけている」

「みっつ……」

「水面に近いところには、必要な記憶。その下は、さほど必要ではないが覚えておいたほうがいい記憶。海の底には──」

高良はほんの一瞬、言い淀《よど》んだ。

「必要ない記憶が沈んでいる」

澪は高良の顔を眺める。瞳の色は深く、それでいて澄んで、どこか遠くの海の底は、こんな色をしているのかもしれない、と思った。

必要ない記憶って、どんなこと……と、訊きたくて、訊けなかった。

──多気女王との日々は、その海のどこの場所にあるのだろう。

高良が手を伸ばす。指が澪の頬に触れかけ、こめかみのあたりへと逸《そ》れる。高良は澪の左目の上に指をかざす。澪の視界が片側だけ暗くなる。高良は瞳の色をたしかめるように、指を目の上から離したり、近づけたりした。

「なに?」

「おまえの瞳は、いつもおなじ色をしてる」

いつも。生まれ変わっても、いつも。

「澄んだ川底のような……淀みなく流れる水の透明さを持っている」

澪は高良の手をつかんだ。高良はすこし驚いたように目をみはる。このとき澪の胸中にあったのは、苛立《いらだ》ちと苦しさだった。

「いいかげん、名前を覚えてくれない? わたしは『澪』というの」

多気女王でも、ほかの生まれ変わりでもない。そう言いたかった。『いつも』と言われたって、わかるわけもなければ、快《こころよ》くもない。

「それとも、これは『必要ない記憶』なの?」

高良をにらみつけると、彼はしばらくものも言わず、じっと澪を見つめていた。

「……わかった。覚えておこう」

なにを思ったのか、高良は、ふっと笑った。

つと彼は空をふり仰ぐ。「雨がやんだ」

彼の言うとおり、いつのまにか雨はやんでいた。地面には水たまりが残り、青空を映している。ふり返れば玄関のガラス戸は最初見たときのように閉じていて、老婆のいた名残《なごり》も、老人の足跡もない。やはりそこは、空き家だった。

「帰るぞ」

と言うので、澪は高良の手を放す。勢いでつかんでしまった。高良の手は、ぬくもりがあった。いまもそれが澪の手に残っている気がする。固く骨張った、ふつうの男子高校生と変わらない手だった。

そのことが妙に澪の頬をほてらせる。高良は澪の動揺などおかまいなしに、さっさと門を離れて歩きだした。澪はすこしあとを歩く。驟雨《しゅうう》をもたらした雨雲が過ぎ去り、陽《ひ》が顔を覗かせている。陽光に木々から滴る雫が輝いていた。

＊

八瀬《やせ》の屋敷から、雨に洗われた街並みが見渡せる。家々の濡れた甍《いらか》を、山の端《は》に沈みかけた夕陽《ゆうひ》が照らしていた。雲は薄紫を帯びた灰色や緑色、朱《しゅ》色、金色とさまざまな色に輝き、一種異様な光彩《こうさい》を放っている。高良は庭先でそれを眺めていた。山からは薄い霧《きり》が立ちのぼり、空気はしっとりと湿《しめ》っている。

黄昏時だ。陽が沈み、夜へと移り変わる転換点。最も移ろいやすい、不安定なひととき。この時間はいつでも、輪郭《りんかく》があいまいになり、夕闇《ゆうやみ》の青ざめた翳と混ざり合ってゆくような心地《ここち》がする。

街が翳に覆われはじめる。薄藍《うすあい》の帳《とばり》がゆっくりと端から被《かぶ》せられて、妖《あや》しい光彩を見せていた雲は落ち着いた灰色へと変わる。色彩が静かになってゆく。それと交代するかのように、虫の音《ね》が大きくなった。

高良は、青い夕闇のなかにほの白く浮かびあがる、己《おのれ》の手を見つめる。澪は、いともたやすくこの手をつかんだ。高良には――巫陽には、できない真似《まね》だ。どうしても、彼女の手に、肌に触れるのをためらってしまう。それはとても罪深いことに思えた。

だが、澪は躊躇《ちゅうちょ》しない。すっと、空から雨が落ちてくるのとおなじ自然さで、境界を越えてくる。もともと澪には境界など存在しないのかもしれない。巫女《みこ》だから？　――いや、澪だからか。

「――澪」

ふいに高良の口から名前がこぼれ落ちる。

「澪標《みおつくし》の澪か……」

つぶやきは濃さを増す夕闇のなかに溶《と》けてゆく。陽は山に沈み、残照が稜線《りょうせん》を金色に浮かびあがらせていた。

＊

その晩、澪は夢を見た。

夢というには感覚は明瞭で、だが状況は曖昧模糊《あいまいもこ》としたものだった。冷たい海に沈んでいる。そんな感覚だった。いや、川かもしれない。ともかく水に包まれて、ゆっくり下へと沈んでゆく。上には薄明るい水面《みなも》が見え、下には真っ暗な闇があった。不思議と、その闇を恐ろしいとは思わなかった。ぬくもりのある闇。そんな気がしていた。澪は、高良の言葉を思い出していた。記憶を海にしまっている――。

あの暗闇のなかに、しまい込まれた彼の記憶があるのだろうか。それとも。

あれは、澪の、多気女王の。

体がどんどん沈んでいって、暗闇にさしかかる、と思ったとき、澪は目を覚《さ》ました。

夜はまだ明け切っておらず、薄闇が部屋を包んでいた。

潮《しお》の家

　ささみに梅肉と大葉《おおば》をのせて衣《ころも》をつけ、揚げ焼きにしたもの、短冊《たんざく》切りにした長《なが》芋《いも》に鰹節《かつおぶし》をまぶしたもの、茗荷《みようが》の甘酢《あまず》漬け、さやいんげんのごま和《あ》え、枝豆ご飯、胡瓜《きゆうり》の酢の物、豆腐《とうふ》とわかめの味噌汁《みそしる》。玉青《たまお》の作る料理は、いつもおいしい。じめじめとした蒸し暑さが増すにつれ、さっぱりとした料理が並ぶようになった。まだ梅雨《つゆ》も明けていないというのに、この蒸し暑さといったら。京都の湿度に慣れていない澪《みお》に、気遣《きづか》いに満ちた玉青の手料理はありがたかった。澪は卓袱台《ちやぶだい》に並ぶ晩ご飯に箸《はし》を伸ばし、黙々《もくもく》とおいしさを嚙《か》みしめる。漣《れん》と波鳥《なとり》も同様だった。下宿人の増えたくれなゐ荘では、納戸《なんど》にしまわれていたもう一台の卓袱台を出してきて、澪と漣、波鳥の三人と、八尋《やひろ》、朝次郎《あさじろう》、玉青の三人にわかれてご飯を食べている。下宿人が増えたときは、たいていこうしているそうだ。いっときに多くの下宿人が集《つど》うことは、めったにないそうだが。

「京都には去年の夏にも来たけど……やっぱり、蒸し蒸しするね」

　茗荷の甘酸っぱさを堪能《たんのう》しつつ、澪が言うと、

「梅雨時だからだろ。梅雨が明ければ、もうちょっとましなんじゃないか」

　味噌汁の椀《わん》を片手に漣が言い、

「いえ、蒸し蒸しするのは変わらないです。もっと暑くなるぶん、じっとりします」

きれいな箸の使いかたで難なく長芋をつまんだ波鳥が言う。

だよね……と、澪は去年、新幹線から京都駅のホームに降り立ったときの暑さを思い出す。太陽がかっと照って暑い、という暑さとは違う、肌にまとわりつく湿気《しっけ》に息苦しくなるような暑さ。慣れれば、平気になるのだろうか。

「あたしなんか、肌《はだ》がからっからに乾燥する冬場より、じめじめしてるくらいのほうがええけどなあ」

玉青が隣《となり》の卓袱台から言って寄越《よこ》す。

「ここみたいな日本家屋《かおく》は、戸を開け放っとけば風通って、まあまあ涼《すず》しいですしね」

そう言って枝豆ご飯を頬張《ほおば》る八尋を玉青はねめつけ、

「適当なこと言うて。毎年、夏になると暑い暑い言うていちばんうるさいの、八尋さんやないの」

「玉青さんは、寒がりですもんね。冷え性やし」

「日本家屋は冬場、寒うてかなんわ。炬燵《こたつ》から出られへん」

口で言うほど、玉青は炬燵に陣取っていた様子はなかった。逆に、こまごまとよく立ち働くことで寒さを紛《まぎ》らわしていたような気がする。

玉青と八尋が話すあいだも、朝次郎は会話に参加するそぶりはなく、黙《だま》って箸を進めている。もともと寡黙《かもく》なひとである。

食事を終えて、煎茶《せんちゃ》に代わって麦茶を飲んで一服していると、波鳥が居住《いず》まいを正して「あの……」と切り出した。

「なに？」

「実は昼間、兄から相談がありまして……」

「お兄さんから？」

澪は波鳥の兄、青海《あおみ》の端整《たんせい》な顔を思い浮かべる。

――なんだろう。

「お祓《はら》いを手伝ってほしいんだそうです」

「お祓い……青海さんがするの？」

「あ、いえ、そうじゃなくて、高良《たから》さまです」

えっ、と澪と漣の声が重なった。

「高良の仕事を手伝えってこと？」

「なんで俺《おれ》たちが」

漣がたちまち不機嫌《ふきげん》そうな顔になる。「だいたい、それならあいつが頭さげて頼みに来るのが筋《すじ》だろ」

波鳥が困ったように眉《まゆ》をさげる。

「いえ、あの、なんというか……手伝いというか、本来なら高良さまだけで事足りるのですが」

澪はピンときた。

「あ、もしかして、わたしの修行のつもりかな」

波鳥がほっとした顔でうなずいた。「そう、それです。経験を積め、とおっしゃってるそうで……」

「へえ……」

──高良がそんなことを……。

前向きになった、と捉《とら》えていいのだろうか。澪に協力してくれるということは。

「千年蠱《せんねんこ》の仕事いうたら、和邇《わに》家経由の依頼やろ？」

頰杖《ほおづえ》をついた八尋が訊《き》いてくる。「和邇家は承知しとるん？」

「承知というか、もともと依頼したあとは関知しないので……」

「そうなん？」

「高良さまはし損じるということがありませんから。仕事がすんだら、兄が報告しておしまいです」

「ああ、なるほど」

うなずいて麦茶をひと口飲んだ八尋だったが、なにを思ったか、

「ほな、僕《ぼく》も同行しよかな」

と言いだした。「澪ちゃんらだけで、ていうのも心配やし」

「はい、最初からそのつもりで——あっ、すみません、澪さんのお師匠《ししょう》さんなんですから、最初に麻生田《おうだ》さんにおうかがいするべきでした」

あわてる波鳥に、八尋はひらひらと手をふる。

「いやいや、そんなたいそうなもんでもないし。真面目《まじめ》やなあ。いや、和邇家絡《がら》みの依頼なんやったら、旧家とか面白《おもしろ》そうな案件なんと違うかなーと思たのもあって」

そっちが本音《ほんね》だろう。八尋は旧家の呪《のろ》いとか古《いにしえ》の怨念《おんねん》とか、黴臭《かびくさ》い依頼が好きなのだ。

「旧家は旧家だと思います……けど、屋敷にはもうひとが住んでなくって、相続人も遠い親戚くらいしかいなくて、絶えているような家なんですが……」

八尋は興味をそそられたように卓袱台に身を乗りだした。

「ええやん。なに、幽霊屋敷《ゆうれいやしき》?」

「はあ、そういう話らしいですけど……」

波鳥は目を輝かせる八尋に若干《じゃっかん》、引いている。

「北区の原谷《はらだに》にあるお屋敷で……」

「原谷? へえ」

「どこですか?」

澪が訊くと、

「北西の山間《やまあい》。五山《ござん》の送り火で、左大文字《だいもんじ》があるやろ、あれのさらに奥。金閣寺《きんかくじ》の裏山にあるようなもんかな。いわゆる京都のベッドタウンやな」

八尋が言い、

「ベッドタウンになったんは、戦後や」

と朝次郎がめずらしく口を挟《はさ》み、補足した。

「いまの原谷は、『原谷開拓事業』て言うてな、戦後に引き揚げ家族に入ってもろて、開拓した土地や。当時はそういう開拓地が全国にあった。引き揚げ者とか復員兵とか、失業対策でな、国の政策や。原谷は、昔からぽつぽつとひとは住んでたけど、集落ていうほどの大きさとは違《ちご》たようやな。峠《とうげ》を越えなあかんさかい、過疎地《かそち》やった」

へえ、と澪は感心する。引き揚げ家族の開拓地。それ自体は耳にしたことがあったが、そうした土地が京都にもあったのか。訊いてみると知らない歴史がどんどん掘り出されてくるので、興味深い。

「旧家て言うからには、開拓後と違《ちご》て、昔からあった家なんやろな」

八尋は思案顔で天井《てんじょう》を見あげている。

「わたしもまだ詳《くわ》しくは聞いてなくて……すみません。兄から説明があると思います」

「ふうん」八尋は天井から波鳥に視線を移した。「ま、ええか。面白そうやん」

――こうして、澪たちは日曜日、原谷へ向かうことになったのである。


「そのお宅は、薪倉《まきくら》家というのですが――」

車を運転しながら、青海は話す。高良を乗せた車がくれなゐ荘へと迎えに到着し、それに澪と波鳥が乗り込んだ。漣は八尋の車に同乗している。どちらの車に誰が乗るかで一悶着《ひともんちゃく》あったが、些末《さまつ》なことなのでどうでもいい。ともかく助手席には波鳥、後部座席に高良と澪を乗せて、青海の運転する車は原谷へと向かっていた。くれなゐ荘のある一乗寺《いちじょうじ》からは、北大路通《きたおおじどおり》を金閣寺のある西のほうに向かって市街《しがい》を横断し、峠道を登ってゆくことになる。市街地を挟んだ東端から西端への移動である。

「薪倉家は、記録からすると江戸時代初期には原谷に居住していたようです。記録というのは北野天満宮《きたのてんまんぐう》の諸事覚帳《しょじおぼえちょう》で、これに商人らが紙屋《かみや》川の河原《かわら》に豆腐茶屋を出すことを願い出た文書《もんじょ》が残されているのですが、その商人のなかに薪倉家がありました。当時の屋号は近江屋《おうみや》といって、もともとなんの商売をしていたのかこれだけでは判然としないのですが、後世『薪倉』と名乗ったからには、土地柄《がら》からいっても薪柴《まきしば》を生業《なりわい》にしていたのでしょう。山ですから、薪を売って生計を立てている者が多かったようです。最も古い記録がこれですので、実際、薪倉家が原谷に居住しはじめた時期はもっと遡《さかのぼ》ると思われます」

青海の説明はなめらかで、無駄がない。落ち着いたソフトな声なので、川のせせらぎを聞いているようだ。

「……ひとはいきなり山のなかに出現して住みはしない。どこかから移ってきたんだろう」

高良がぼそりと言った。彼は腕を組み、窓の外を眺《なが》めている。

「どこからって、どこ?」

澪が訊くと、ため息をつかれた。

「わからないから、『どこから』と言っているんだろう」

それはそうだが。

「そうじゃなくて……あなたはどう推測してるのかって訊きたかったの」

高良は目をしばたたき、澪のほうに顔を向けた。

「行ってみれば、わかる」

謎かけのようなことを言う。

「行ってみればって、その家にってこと?」

「そうだ」

と言ったきり、高良は黙った。

車は金閣寺方面に向かうのだと思いきや、その手前、千本《せんぼん》通との交差点で右折し、北上する。鷹峯《たかがみね》の方面だ。澪の疑問を察してか、青海は「こちらからのほうが近いので」と言った。原谷は山間の盆地にあって、おおよそ南北に広がっているので、場所によっては金閣寺西側から向かうより、鷹峯から回ったほうがいいそうだ。どちらにせよ峠道だが、鷹峯の道のほうがいくぶんカーブもゆるやからしい。

うしろを八尋の車もついてきている。

危《あぶ》なげなく静かに車は進んでゆき、周囲の景色《けしき》は緑の木立《こだち》に包まれる。山に入ったのだ。耳に膜《まく》が張ったようになり、澪は唾《つば》を飲み込む。それで耳は治った。京都に来てから何度か山に入っているが、いずれの山も故郷の麻績《おみ》村の山とは違っている気がした。気のせいだろうか。土のにおい。木々の吐《は》く緑のにおい。麻績村の山の木々からは、冬の朝になると息を吐き出すかのように水蒸気が立ちのぼる。木の一本一本が、呼吸しているのがわかる。澄んだ水のにおいが濃い。京都の山は、もっといろんなにおいがする気がした。

「あなたって、八瀬《やせ》以外のところに住んだことはないの？」

山から八瀬を連想して、澪は出し抜けにそんなことを高良に尋《たず》ねた。高良はさらりと「ある」とだけ答える。

「どこ？　京都以外？」

「いろいろだ」

たくさん生きているのだから、さすがに京都以外にも住んだことがあるのか。

「山って、土地によってにおいが違うのかな？　京都の山と長野の山じゃ、違う気がする」

「山神《やまがみ》が違うから」

澪の言葉を一笑に付すこともなく、端的《たんてき》に高良は言った。

「山神が違えば、土も違う。土が違うということは、気配《けはい》が違うということだ。おまえの言うところのにおいは、気配のことだ」

「ふうん……？」

わかるような、わからないような。

「山は土だ。土が本性《ほんせい》だ。だから、土の持つ性質は重要になる。山神は土であり、山の形に神性《しんせい》が現れるんだ」

「ああ、山の形に……。なるほど」

それはなんとなく、わかる気がした。山の形は不思議なもので、鋭《するど》く尖《とが》っていたり、ずんぐりしていたり、蛇《へび》がわだかまる形に見えたりもする。特異な形をした山は、拝《おが》まずにはいられない雰囲気《ふんいき》があった。山の残雪で豊作吉凶《きっきょう》を占《うらな》う風習だって、土の起伏《きふく》によるだろう。

高良の言葉は淡々《たんたん》としているようで、奥行きがあり、まわりまわって単純なことを言っているようでもある。稀有《けう》な語り口だった。

車は山道を進んでいるにもかかわらず、勾配《こうばい》はさほどきつくない。さすがに道幅《みちはば》は狭《せま》いのだが、この程度の坂道なら、一乗寺界隈《かいわい》のほうがよほど傾斜がきついように思う。そのうち木立が途切《とぎ》れ、建ち並ぶ民家が現れた。山間でよく見るような昔ながらの民家ではなく、新しい雰囲気が漂《ただよ》っている。真新しいというのではなく、新しく定着した、といったくらいの年月を感じさせる。

狭い道をゆっくりと進み、青海は脇道《わきみち》へと入った。途端に急勾配になる。道幅はさらに狭くなり、曲がりくねり、まるで来る者を拒《こば》むかのようだ。そんな道でも顔色ひとつ変えずスムーズにハンドルをさばき、青海は車を進める。両側から鬱蒼《うっそう》とした木々の葉が覆《おお》い被《かぶ》さり、あたりは薄暗い。今日は雨が降っていないのに、道も木々も濡《ぬ》れている。生《お》い茂《しげ》る葉で陽《ひ》がささず、風通しも悪いせいで、昨日の雨が乾《かわ》いていないのだろう。青黒く映《うつ》る葉の向こう側に、ちらりと家屋が見えた。何度か道がカーブをくり返すうち、家屋が近づく。木造平屋《ひらや》建ての日本家屋だ。昔ながらの、という『昔』よりもさらに古そうな年代の屋敷だった。瓦葺《かわらぶ》きの屋根に薄汚《よご》れた漆喰《しっくい》と黒ずんだ板の壁《かべ》。屋根が傾いているのは気のせいではないだろう。瓦はところどころ割れて落ちて、隙間《すきま》から草が生えている。ガラス窓には飛散防止のためか、粘着《ねんちゃく》テープが×印の形に貼《は》ってあった。すでに割れてしまっている窓もある。

――廃墟《はいきょ》。

一見して、そう思った。住んでいるひとはいないと聞いていたが、こうも荒れ果てているとは。

しかし――と、澪は車窓《しゃそう》からあたりを見まわす。木と空しか見えない、山のなかである。さきほどの住宅地のような明るさもない。

「お祓いしたあと、家を取り壊《こわ》すのかな。それで新しい家を建てるとか？」

つぶやくと、波鳥が助手席からふり返った。

「更地《さらち》にする予定だと聞いています。和邇の叔父《おじ》の知り合いが、この辺を買い取りたいそうで」

「ああ、叔父さんの知り合いが……」

それで高良に依頼が来たということか。「ここに住むの？　暮らすには、けっこうたいへんそうだけど」

「別荘を建てるのだとか。住宅街からは離れているので、隠れ家みたいなのがいいって」

豪勢《ごうせい》である。お大尽《だいじん》というのは、いるところにはいるものだ。

「波鳥」

青海が静かな声を差し挟んだ。「そんなことまで、ひとさまに言うものじゃない」

あっ、と波鳥は首を縮《ちぢ》めた。「ごめんなさい」

「あ、いえ、わたしがごめんなさい。よけいなことを訊いてしまって」

あわてて澪が謝《あやま》ると、

「訊く者より、答える者がいけないんですよ」

やんわり青海に言われた。なかなか妹に厳しい。漣ほどではないが。しょんぼりしている波鳥の肩をたたいて励ますあたりも、漣とは違ってやさしい。などと澪はついつい、漣と比べてしまう。

屋敷には取り囲む塀《へい》も垣根《かきね》もない。どこからが庭なのかも判然とせず、周囲の森と庭が一体となっているように見えた。あるいは、森も含めて薪倉家とやらの所有地なのだろうか。車は屋敷のすこし手前にとまる。最近草刈りでもしたのか、このあたりは草が根元で刈られていた。引き抜かれたわけではないので、またすぐ生い茂るだろう。それでかまわないということだ。お祓いで高良が訪れるから、とりあえず整えた、といったところか。

冷房の効《き》いた車から降りると、むっとした湿気が体を包み込む。刈ったばかりの草のにおいも混じって、息苦しさを覚えるほどだった。

——それだけじゃない。

見あげた屋敷の、この暗さはどうだろう。森のなかにあるからではない。翳《かげ》を背負い、翳に覆われた、邪霊《じゃれい》のすみか。いまにも邪霊が蠅《はえ》のように屋根から湧《わ》いて、襲《おそ》ってくるのではないか。そんな気配を感じた。顔をこわばらせて棒立ちになった澪に、波鳥が心配そうに寄り添う。

「大丈夫ですか、澪さん」

「うん……」

蒸し暑いのに、腕に鳥肌《とりはだ》が立っている。背筋《せすじ》が寒い。うなじに冷たい汗が噴き出していた。澪はこぶしを握りしめ、深呼吸をくり返す。しばらくすると落ち着いてきた。

「うん、大丈夫」

ふう、と息を吐いて屋敷を見あげる。祓いに来たのだから、邪霊がいるのは決まっている。高良が黙って澪を眺めていた。それに気づいて、澪は胸を張る。屋敷に入る前から尻込《しりご》みしていては、あきれられてしまう。高良がちょっと笑ったように思えた。

八尋の車が到着する。急勾配とカーブに苦戦したらしい。「修理したばっかの車、またためにしたらかなんでな」と車を降りた八尋は笑っている。漣は眉根《まゆね》をよせて、無言で助手席から降りてきた。車に酔《よ》ったのだろうか。

「酔ったの?」と訊くと、「酔ってない」と返ってきた。不機嫌なだけらしい。「八尋さんがうるさくて」という文句《もんく》からすると、道中、八尋の暇《ひま》つぶしにからかわれでもしたのだろう。「だから八尋さんとふたりはいやだったんだよ……」とぼやいている。

「ええ塩梅《あんばい》に、幽霊屋敷って感じやなあ」

八尋が屋敷を眺め、どこかうれしそうにしている。「大正くらいの建物やろか。ちゃんと手入れしとったら立派な屋敷やったやろに、もったいない」

たしかに、屋敷自体は大きく、建材も造りもしっかりしていそうで、打ち捨てられているのはもったいなかった。ガラスも昔のもの特有の歪《ゆが》みがあって、レトロな雰囲気を醸《かも》し出している。洋館のように見るからに凝《こ》っていて贅《ぜい》を尽くした、という感じは受けないが、かつては立派なお屋敷だったろう、という風情《ふぜい》は感じられた。

「で、ここの邪霊はどういう状況なん?」

八尋が青海に問う。青海は澪たちに話したような説明をくり返したあと、

「潮《しお》のにおいがするそうです」

と言った。

「しお？　潮騒《しおさい》の潮？　海の潮？」

「はい」と青海は真面目な面持《おもも》ちでうなずく。澪は屋敷を改めて眺めた。

——潮のにおい？

こんな山間の屋敷で？

「雨漏《あまも》りがしたわけでもないのに床《ゆか》が水浸《みずびた》しになったり、その水も海水のようだったりと——」

「舐《な》めてみたん？」

「いえ、乾いたあと、塩が残るそうで」

「ああ、そうか。厄介《やっかい》やな。釘《くぎ》が錆《さ》びてまう」

「住人もそれにずいぶん悩まされたようです。ですが、屋敷を去るに至った理由の最たるものは、死体だったそうです」

「死体⁉」

澪と漣のぎょっとした声が合わさった。波鳥は事前に聞いていたのか、不安げな顔をしているだけだ。八尋は眉をひそめている。高良はどうでもよさそうに屋敷のほうを眺めていた。

「穏《おだ》やかやないな。死体がなんやて？」

「屋敷じゅう、これといった特定の場所でもなく、ふいに死体が横たわっていることがあったと。すぐに消えてしまうそうですが」

「死体……の幽霊？」

澪が言うと、青海は、さあ、と言いたげに首をすこしかしげた。

「幻《まぼろし》と呼べばいいのか……。なにをするでもなく、横たわっているだけだそうです。それがどうも、水死体のようだと。そのうえ――」

青海はちらと屋敷を見やり、

「一体ではないということです」

静かな声音《こわね》で言った。ひそやかな声がかえって薄気味《うすきみ》悪さを助長する。

「一体と違うて、水死体がごろごろしとるっていうんか？」

うええ、と八尋はうめいた。さすがに勘弁《かんべん》してくれという顔をしている。

「はっきりとは。ただ、この屋敷は面白半分に忍び込む若者がときおり出るそうで、彼らもまたそれらを目撃《もくげき》しているそうです」

報告は以上です、と淡々と告げ、青海は口を閉じた。

「山の屋敷で水死体に海水、潮のにおいなあ……。なんなんやろ」

八尋は頭をかく。

海辺《うみべ》の家でだって水死体の幻など見たくもないが、山間ともなれば不可解さが重なる。いったいどういうことなのか、と澪は屋敷の窓を見つめるが、室内は闇《やみ》に沈んでいて、うかがい知れない。

「屋根が傾いてますけど、これ、入っても安全なんですか？」

漣が屋敷を見あげ、青海に問う。

「すぐ崩《くず》れるようなことはないでしょうが、安全かどうかはわかりません」

それは、建物としても、邪霊絡みとしても、そうだろう。

「ヘルメットでも持ってきたらよかったかな」

八尋が言う。

「いざとなったら、於菟《おと》が助ける」

意外にも高良がそんなことを言った。八尋はちょっと笑う。

「いや、それ、助けるん澪ちゃんだけやろ？」

高良は、当たり前だろう、というような顔をしていた。そうなのか。

「ほな、戸を開けたままにして退路を確保しつつ、奥へ進む感じやな」

八尋は頭をかき、澪のほうをふり返る。

「とりあえず、松風《まつかぜ》を使《つこ》て、ひととおりさぐってみよか。それでええ？　澪ちゃん」

八尋の職神《しきがみ》、松風は探索《たんさく》が得意なのだと、以前聞いた。――それはともかく、どうして澪に確認するのだろう。

「いいですけど、どうしてわたしに――」

「だって、今回は澪ちゃんの修行なんやろ？　せやったら、澪ちゃんが仕切るもんやろ」

「えっ……」

そんな心構えはしていない。澪は高良や青海のほうを見る。青海は高良を見て、高良は「おまえの好きにしろ」と言った。

――それは丸投げと言うのでは……。

と思ったが、これも修行か、と屋敷に向き直った。正面に大きな玄関があり、屋敷の棟《むね》はL字型に近い形で奥につづいているようだ。L字の長い部分が正面だ。奥は増築したのだろうか。

「じゃ……じゃあ、相談しつつ、進めていくってことにしましょう。独断は危険ですから」

「慎重《しんちょう》やな。ええことや。了解」

八尋にそう言われてほっとする。青海がスーツのポケットから鍵《かぎ》をとりだし――こんな廃墟でも鍵はかけてあるのだな、などと思った――鍵穴に差し込む。青海はスーツで高良はいつもの制服姿と、汚れるのをまるで気にしていない服装である。青海は澪も漣もジーンズを穿《は》き、虫に刺されたり引っかけて怪我《けが》をしないよう、暑いが長《なが》袖《そで》のカットソーを着ている。波鳥もおなじような格好《かっこう》で、洒落《しゃれ》っ気のある八尋でさえチノパンにTシャツ、履《は》き古したスニーカーという出《い》で立《た》ちだった。八尋は首にタオルを巻いて、「暑いなあ」と言いながら汗を拭《ふ》いている。

青海が玄関の扉を開いた。その途端、ふうっと漂ってくるにおいがあった。

――潮のにおい？

塩気と魚の生臭《なまぐさ》さを合わせたようなにおいがした。これが潮のにおいなのだろうか。思えば、澪は海辺に旅行したこともなければ、潮風を浴びたこともないのだった。

八尋が鼻をすんすんさせている。

「たしかに、潮のにおいやな。海辺に行くとこんなにおいするわ」

三重《みえ》は海に面しているから、八尋はわかるのだろうか。漣も澪とおなじでピンとこないのか、黙ってにおいを嗅《か》いでいた。

ふいに、八尋がタオルをなかに放り投げた——ように見えたが、違う。松風だ。松風が屋敷のなかへと駆けだしていったのだ。

玄関のなかは暗く、右奥に廊下《ろうか》があるようだが、よく見えない。左側に下足箱《げそくばこ》があり、右側は漆喰の壁、玄関をあがった正面も壁で、その壁の横に廊下があり、奥につづいている。左側にも廊下が伸びているようだ。

暗い家だ。邪霊のすみかとなっている屋敷は、皆、いちように薄暗い。雨戸を閉め切ってあるから、というわけではない。ガラス窓だってあるのに、そしてそのガラスが割れて落ちているところだってあるのに、外光が感じられない。まるで家全体を薄い膜が包み込み、覆い隠しているかのようだ。時間もとまっているのでは、という気さえする。外界から隔《へだ》てられた、邪霊の檻《おり》だ。

ふっと、顔のそばを白い風が横切ったように思えた。その一瞬、光がちらちらと散って、埃《ほこり》を輝かせる。割れた窓から空気が抜けていった。ほのかに廊下が明るさを取り戻す。八尋が手を伸ばすと、白く長い尾の小柄《こがら》な狐《きつね》が彼の腕に巻きつくようにして肩に登った。かと思ったときには、その姿はかき消えていた。——松風だ。

「松風が屋敷内をひと巡《めぐ》りして、雑多《ざった》なもんは追い出してくれたみたいや」

「雑多なもん……」

「邪霊は邪霊を集めるでな。こういう屋敷は巣窟《そうくつ》になる。埃みたいなもんや。それをはたいて、風を通した、ていう感じやな」

ハタキの役目か、と澪は松風の尾からそれを連想した。

「上みたいやなあ」

八尋が天井を見あげる。

「え？　上？」

「松風が上を気にしとった。上になんかあるな」

「でも、ここ、平屋ですよね。二階はないんじゃ……」

「屋根裏とか。まあ、なか入って見てみよ。——僕がしんがりになるわ。となると、先頭は漣くんやな。あとは適当に。青海くんは、外で待機しとってくれるか？　いざってとき、誰か外におったほうがええやろ」

澪に仕切れと言いつつ、八尋が勝手に決めてゆく。誰が先頭で誰がしんがりがいいかなど澪には判断がつきかねるので、助かった。例を示してくれているのだろう。

漣が上《あ》がり框《がまち》に足をかけたところで、ふり向く。

「右奥と左、どっちから行きますか」

案外、漣も素直に八尋に従っている。こういうときに無駄に反抗しないのは、漣のいいところだと澪は思う。

八尋の肩の上にふたたび松風が姿を現し、鼻を右奥の廊下のほうへと向けてひくひくさせた。「右奥やな」と八尋が言い、漣はうなずいた。

右奥にある廊下はずっと奥までつづいている縁側《えんがわ》らしく、雨戸が閉まっている。奥のほうが暗闇《くらやみ》に沈んでいて、見通せない。靴《くつ》のまま玄関からあがり込み、足を踏みだすと、床板《ゆかいた》がキィィ……、と軋《きし》んだ音を立てた。来るな、と拒む声音のようにも思えた。

八尋がそばの雨戸に手をかける。がたがたと揺れるばかりで、横に滑《すべ》る様子はない。八尋は「よっ」と声をあげて、両手で雨戸を持ちあげ、桟《さん》から外《はず》した。湿《しめ》った空気が入り込む。漣も雨戸の一枚をおなじように外して、横の雨戸に立てかけておく。何枚かそうして外しておけば、いざというとき外に出やすい。いくらか薄明るくもなった。潮のにおいは消えない。

先頭を漣が行き、澪がつづく。そのうしろに高良がいた。波鳥は八尋のそばだ。

「漣兄《にい》、杖刀《じょうとう》は持ってきてないんだね」

　杖刀は、邪霊祓いに使う細い刀である。今日、漣はそれを携《たずさ》えることもなく、丸腰《まるごし》だ。漣はふり返りもせず、「あんなの狭い屋内《おくない》で、しかもまわりにひとが何人もいるなかで振り回せないだろ。危ない」と答えた。たしかに、考えてみればそうである。

　歩くたび床板が軋む。それだけでなく、靴裏にざりざりと砂利《じゃり》のような感触がある。いままで忍び込んだひとたちの靴が残した土や砂利だろうか。

「足もと、ところどころ床板が腐《くさ》り落ちてるぞ。気をつけろよ」

　床板は緑色を帯びて黒ずみ、黴がひどい。漣の言うとおり、腐り落ちている箇所《かしょ》が何カ所もあった。水浸しになる、ということだったから、そのせいだろう。

　ここはL字型の短い辺側だから、縁側もそう長くつづいているわけではない。縁側の左手には、雪見障子《ゆきみしょうじ》が並んでいる。すべて閉じていた。足もとを確認しながら慎重に進んでいた澪は、一枚の障子の前で、ふと足をとめた。ぷん、と潮のにおいが強くなったからだ。澪は障子を見やり、手をかける。その手をべつの手が押さえた。

高良だ。顔をあげると、高良は無表情に首をふった。

「ここは本命じゃない。無駄は省《はぶ》け」

「それって……」

おそらく、この向こうに邪霊がいる。だがそれは本命――この一件で祓わなくてはならない邪霊ではない、ということだ。水死体が横たわっている、という青海の話が澪の頭をよぎった。障子から手を放す。わざわざ、見たいものではない。

行け、というふうに高良は目顔《めがお》で前方を示す。漣が立ち止まり、澪をふり返っている。澪はうなずいてふたたび歩きだした。

水死体が……というのは、ここで死んだひとなのだろうか。それも複数。皆、溺《おぼ》れ死んだと？　こんな山のなかで。いや、浴槽《よくそう》で死ぬことだってあるだろうけれど……。この家に満ちる潮のにおい、水浸しになる――それも潮水で――ということと関係あるのだろうか。

――死んだというのは、まさか、殺されたなんてことでは……。

歩きながら、つい、そんなことを考えてしまう。上下左右に目を走らせ、暗がりに邪霊がわだかまっていないか、気にする。

「こういうときは、なにも考えないほうがいい」

高良が言った。いつのまにかうしろではなく隣にいる。澪はその横顔を見あげた。きれいな横顔だなと、一瞬、いまいる場所も状況も忘れて見入った。

「見えているもの、知っている事実だけで判断しようとすると誤《あやま》る。そのうち物事はあるべきように収束《しゅうそく》する。向こうから立ち現れる。それまでは自然と受け入れ、受け流すことだ」

やはり高良は、わかるような、わからないようなことを言う。

――答えを急がず、流れに任《まか》せろってことなのかな。

と思い、澪は「うん」と言った。「よくわからないけど」

「わかってなくていい。わかるときが来るまで。そういうことだ」

「ふうん……」

澪は前方に顔を戻し、軽く息を吐く。もうあちこちに視線を向けず、前だけを見た。漣が足をとめる。その前に漆喰壁が立ち塞《ふさ》がっていた。行き止まりだ。漣はあたりを見まわしたあと、八尋に目を向けた。

「どうしますか？　部屋に入りますか」

漣は障子を指さす。「そやなあ」と八尋は言い、澪のほうを向く。

「澪ちゃんは、どうしたい？」

澪は障子を眺めた。さきほどは、高良にとめられたが。澪の目の前にある障子は、ほんのわずか、隙間が開いている。そこから暗闇が覗《のぞ》いていた。漆《うるし》を塗《ぬ》り込めたような真っ暗闇だ。それを見つめていると、するりとなにか動いた気がした。しゅ、と衣擦《きぬず》れがかすかに聞こえる。澪は息をとめ、暗闇に目を凝らした。さらり、とやはりなにかが動く。あれは――。

――髪？

長い黒髪が、はらりと肩から落ちるような。

気づくと澪は手を伸ばし、暗闇の隙間に指を差し込んでいた。隙間に触れると、驚くほど冷たい空気が指先にあたり、思わず手を引く。

「澪ちゃん？」

八尋の声にふり向き、澪はまっすぐ障子を指さした。

「ここに入ってもいいですか」

「そら、ええよ」

あっさり八尋はうなずき、障子の前に立つ。「開くやろか。家全体が傾いて、開きにくくなっとるんやろうから――」

八尋の言葉を嘲笑《あざわら》うかのように、手をかけると障子は音もなくするりと開いた。あっけにとられた様子で、八尋はしばし障子を凝視《ぎょうし》する。なにを思ったか、開いた障子をわざわざ持ちあげて外し、脇にどけた。さらにその部屋に面した縁側の雨戸も外す。

「ま、念のためにな」

退路の確保ということだろう。これなら部屋から一直線に外に出られる。

障子のなかは、畳《たたみ》の座敷だった。さして広い座敷ではない。六畳間だ。だが、隣室とは壁ではなく襖《ふすま》で仕切られているだけなので、襖を取っ払えば長細い大広間にもなるのだろう。正面は壁である。ざらざらとした土壁で、ほうぼうにひびが入り、剝《は》がれ落ちているところもあった。部屋の右隅《みぎすみ》に板戸があり、奥へと通じているようだ。廊下があるのか、それとも部屋があるのか。引き戸ではなく、開き戸だ。澪の目は、じっとそこに吸い寄せられていた。なぜだかわからない、そこが気になる。邪霊の翳がにじみ出ている、というわけではない。だが、暗い部屋のなかでもいっそう暗く、じめじめとしているように見えたのだ。

漣が座敷に足を踏み入れる。一歩踏んだところで、ぎょっとしたように足もとを見た。

「ぶよぶよしてる」

いやそうに言う。なるほど、畳が湿気を存分に含んだようにたわんで、波打っていた。

「底が抜けたりしないだろうな……」

ぶつぶつ言いながら、漣はそっと歩く。澪もそれにつづいた。座敷に入ると、外の蒸し暑さが嘘《うそ》のように肌寒い。カーディガンでも羽織《はお》ってくればよかった、と澪は腕をさすった。ときおり足もとで、ぐちゅ、と湿った音がする。潮水で濡れているのだろうか。住む者がいなくなっても、この屋敷では潮水が満ち、あたりを水浸しにするのか。

――屋敷のどこかに、潮水が湧き出す井戸でもあったりして……。

そんなことを思いながら、澪は板戸の前に立っていた。剝がれた壁を見ていた漣がふり返る。

「そっちに行くのか？」

「この奥、なにがあるのかな」

漣がそばにやってくる。板戸を上から下まで眺めて、「なんでこんなとこに戸があるんだろうな」とつぶやいた。

「そうだよね。なんか変だよね。押し入れじゃないよね？」

「押し入れなら引き戸にするんじゃないか？　納戸にしたって、縁側の端にでもべつに作ったほうが――」

言いながら、漣は板戸についたつまみを捻《ひね》った。手前に引くと、戸が開く。澪はごくりと唾を飲み込んだ。思わず一歩あとずさっていた。真っ暗でなにも見えない、そう思えた。全身に鳥肌が立ち、髪の毛が根元からぶわりと逆立《さかだ》つ。首筋を冷たい汗が滑り落ちた。

真っ暗だと思ったのは一瞬で、まばたきしたあとには、薄暗いなか、漆喰壁が見えた。戸を開けたさきには、半畳ほどの空間しかない。漆喰壁に囲まれた板間、いや――。左側に、階段があった。細い階段だ。上のほうは暗くて見えない。

「屋根裏部屋でもあるのか」

漣が階段の上を覗き込む。「暗くてよく見えないな」

八尋が言ったことを、澪は思い出していた。

――松風が上を気にしとった。上になんかあるな。

「上……」

澪も漣も、八尋をふり返る。八尋は肩にいる松風の喉《のど》を撫《な》でていた。

「僕がさき行こか？」

「いや、俺が行きます」

「大丈夫？」

漣は無言で階段をのぼってゆく。ぎし、ぎし、と軋んだ音が響《ひび》いた。澪は高良のほうを見る。高良は階段のさきをにらんでいた。その表情に、澪は不安を覚える。

「れ……漣兄、待って」

「うわっ」

とっさに漣の足をつかんだので、漣は階段につんのめった。

「おい！　危ないだろ」

「待って。わたしがさきに行きたい」

「なんでだよ」

「だって、なんか……」

なんとなくの不安を、言葉にはしづらい。

「いやな予感がするから」

漣は顔をしかめた。

「こういう場所で、不吉なことを口にするなよ。だいたい、いやな予感がするなら、なおさら――」

途中で口をつぐみ、漣はふたたび階段に足をかける。

「俺が行く」

それだけ言い、階段をのぼっていってしまう。

――どうしよう。

思わず高良をふり返る。彼は澪と視線が合うと、眉をよせてから、ため息をついた。

「……夜尺斯《やさかし》」

バサバサッと羽ばたく音が耳もとでした。階段のほうをふり向いたときには、黒い翼《つばさ》がもうそのさきに消えていた。

高良の職神の烏《からす》だ。それを呼んでくれたのだ。

漣がムッとした様子で高良を見ているが、高良は知らん顔だ。

「夜尺斯が露払《つゆはら》いをする。さきになにがいても、驚いてしばらく息を潜《ひそ》めるだろう」

「ありがとう」

やはり、高良はこういうとき手を差し伸べてくれる。不安に揺らいだ胸中が平らかになり、澪はほっと肩の力が抜けた。

「感覚が鋭敏《えいびん》になれば、いちはやく危険を察する。それを無視すべきじゃない。露払いは巫女《みこ》の役目でもない。周囲が鈍感《どんかん》だと、巫女がいたずらに身を危険にさらすことになる」

気をつけろ——と、高良は淡々と告げた。澪にではなく、漣にだろう。そちらを見もしていないが。

漣は苦虫《にがむし》を嚙みつぶしたような顔をしていた。だが、なにも言わない。そのまま黙って階段をのぼっていった。澪もそれにつづく。手をついてのぼらなくてはならないくらいの、急な階段だ。そう長くつづいているわけではない。古い家は天井が低いので、屋根裏部屋もそう高いところにないのだろう。蜘蛛《くも》の巣でもあるのか、漣が顔の前を手で払い、階段をのぼりきる。屋根裏部屋は、板の隙間から洩《も》れた陽で、意外なほどうっすらと明るかった。夜尺斯がよけいな邪霊を追い払ってくれたのかもしれない。

屋根裏部屋、というより、屋根裏だった。部屋が造ってあるわけではない。板間があり、太い柱のあいだに梁《はり》が渡され、屋根の裏が見える。屋根はところどころたわみ、雨漏りしていた。家の中心あたりにあるひときわ太い柱の前に、小さな祠《ほこら》のようなものがあるのがわかった。その近くの梁に烏——夜尺斯が羽を休めている。

「漣兄、祠が……」

「ああ」

屋根裏は背を伸ばして立てるほど高くないので、身をかがめてそちらに近づく。そのうち高良や波鳥、八尋も階段をのぼってきた。

祠は、家庭によくある神棚《かみだな》に造りが似ていた。木造で神殿のような形になっている。かつては榊《さかき》が生《い》けてあったのか、白い花瓶《かびん》が一対《つい》あったが、倒れていた。お供《そな》えを置いていたらしい白い皿には黒い黴がこびりついているだけだった。

「開けてみるか」

漣が言い、祠の扉に指をかける。留《と》め金《がね》を外して扉を開くと、なかには奇妙なものが収められていた。

「……笊《ざる》？」

小振《こぶ》りの笊である。竹でできているのだろう、とりたてて変わったところのない、その辺で売られているような、笊だ。それがなかに立てかけてあった。ほかにはなにも入っていない。

漣が笊をとりだす。「砂まみれだ」

笊は砂にまみれていた。砂がぱらぱらと板間に落ちる。澪はそれを指でつまんだ。板間に積もった、埃だか黴だかわからないものまで指先についてくる。その瞬間、強く潮のにおいがした。ぐらりと足もとが揺らぐような心地《ここち》がして、目を閉じる。

ざざ……と、波の音が聞こえた。薄く目を開けると、そばに膨《ふく》らんだ泥《どろ》の塊《かたまり》が横たわっているように見えて、はっと目を凝らした。凝らすのではなかった、とすぐに後悔した。

泥の塊などではなかった。それは、ぶよぶよに膨らんだ、ひとの形をしたものだった。男か女かもわからない、はだけた木綿《もめん》の小袖《こそで》から、だらりと手足が伸びている。体中に藻《も》が貼りつき、もとは髷《まげ》を結《ゆ》っていたのだろうが、ほどけてざんばらに散っていた。目は見開かれているが、瞳《ひとみ》はどろりと灰《はい》色に濁《にご》っていた。青い唇《くちびる》が苦悶《くもん》に歪んでいる。そのあいだから黄色い歯が覗いていた。

水死体だ、と認識した瞬間、澪は気絶した。

突然、澪が前のめりに倒れかけたので、漣はあわてた。笊を放り捨てて手を伸ばす前に、高良が澪の体を支える。澪は気を失っていた。

「み――」

「そんなものを、気安く手にとる馬鹿がいるか」

冷ややかな声が漣を貫《つらぬ》く。漣は笊を見やった。高良は冷たい一瞥《いちべつ》を漣にくれると、澪を抱《かか》えて立ちあがる。肉体を抱えているとは思えない、軽々とした動作だった。

「こちらをうかがってる。そろそろ動きだすだろう」

はっと、漣は周囲を眺める。薄暗い屋根裏のそこここに、闇がわだかまってい る。邪霊の塊。こちらの出方をうかがい、襲いかかる時機をさぐっているように、じっとして揺らぎもしない。

「ひとまず、下りよか」

八尋にうながされて、漣も波鳥も階段に向かう。高良はすでに澪を抱えて下りていた。潮のにおいが体にまとわりついている気がする。澪は気を失う前、なにを見たのだろう。漣には、なにも見えなかった。ただ潮のにおいを強く感じただけだ。

座敷に戻っても、潮のにおいは薄くならない。妙に息がつまる。

「波鳥ちゃん、大丈夫か？」

八尋が波鳥の背中をさすっている。波鳥の顔は真《ま》っ青《さお》で、ぐっと唇を噛みしめてうなずいていた。彼女もなにか見たのかもしれない。

漣は己《おのれ》の手を見る。

——そんなものを、気安く手にとる馬鹿がいるか。

あれは、蠱物《まじもの》か？

指先に砂利が残っていて、漣は顔をしかめてそれを払った。澪を抱えた高良は、開けておいた雨戸から外へ出るところだ。漣もそれを追いかけようと足を踏みだしたとき、靴がぴしゃりと水を跳《は》ねた。

――水？

足もとを見おろして、ぎょっとした。畳の上にうっすらと水が溜《た》まっている。いや、水かどうかもわからない、黒く汚れたなにかだった。跳ねた飛沫《しぶき》がそのまま宙《ちゅう》で陽炎《かげろう》のように揺らぎ、漣の足にまとわりつこうとしてくる。漣は舌打《したう》ちして足を引いた。

「漣くん、外に出よ」

八尋が短く告げ、漣は縁側へと走りだす。ばしゃばしゃと、さきほどより激しい水音が響いた。水かさが増している。水が跳ねるたび黒い陽炎が立ちのぼり、下から襲いかかってこようとする。颪《おろし》を呼ぶか、と口を開いたとき、目の前をさっと白いものがいくつもよぎった。羽ばたきの音がする。翼が見える。白い鳥だ。何羽もの白い鳥が、あたりを舞っている。舞いながら、襲いかかる邪霊を嘴《くちばし》で食いちぎり、翼で薙《な》ぎ払っていた。

——白鷺《しらさぎ》。

これは職神だ。だが、この職神は——。

八尋に背中を押されて、漣は縁側から外へと飛び出す。むっとする湿気とともに、潮のにおいが消え、山のにおいに包まれる。漣は大きく息を吸った。生き返る心地だった。

「大丈夫やった？　麻績くん」

ここで聞くはずのない声に、漣は顔をあげる。前方に、出流《いずる》が立っていた。軽く手をふっている。

「さっきの白鷺……。やっぱり、おまえか」

あれは出流の職神だ。まさかと思ったが。

「手助けするまでもないかなと思たんやけど、怪我でもしたらあかんし。よけいやった？」

「いや……」

いちおう、助けてもらったので礼を言ったほうがいいのか、だがなぜ彼がここにいるのか魂胆《こんたん》もわからず、漣は口ごもる。高良は出流を見ようともせず、青海はかすかに眉をひそめて出流をうかがっていた。青海の和邇家と出流の日下部《くさかべ》家は対立する関係にあるので、場の雰囲気がぴりりとする。

「日下部くんやったか。なんでここに？」

緊張をほどくような暢気《のんき》な声をあげたのは、八尋だった。年の功と言うべきなのか、こういうとき八尋はまるで動じない。

「千年蟲が動いたら、俺も動かなあかんのです。見張り役いうほどのことでもないんですけど。めんどくさいけど、役目なんで」

しれっとした顔で出流は答える。

「学生やから、基本的には学業優先にしてもろてますけど。ほんで、来てみたら幽霊屋敷に入ってくし、どないしよかなーと思てたら、邪霊が出てきたんで——」

「助けてくれたと」

「俺は麻績くんの友達なんで」

出流はにっこりと笑う。その笑顔だけ見ていると、なんら邪気《じゃき》のない好青年に見えた。

「そやから、麻績くんの怒ることもしませんよ。今日かて、ほら、丸腰やし」

と、両手をあげる。出流はサックスブルーのTシャツに白いジーンズという出で立ちで、リュックは背負っているが、武器は持っていない。

「もうこないだみたいに争う気もないですよ。麻績くんとも約束したし。なっ」

出流は漣に笑顔を向ける。八尋に目で問われ、漣はうなずいた。

「仲良しなんやな」と八尋に半笑いで言われて、複雑な気分になった。だが、立場を考えると、出流と敵対してもいいことはない。澪に手出しされぬよう、出流は味方につけておくべきだ。

「ほな、まあそれは置いといて――」

八尋は納得《なっとく》したのかしていないのかわからないが、出流から視線を高良に移した。いや、澪にか。八尋は高良のそばに歩みより、澪の顔を覗き込む。

「気ィ失ってるだけかな。このままにしとくわけにもいかんし、今日のところは帰ろか」

八尋は青海をふり返る。「それでええかな、青海くん」

「はい」とうなずいた青海だが、ちらちらとべつのほうを気にしている。波鳥だ。波鳥は青い顔で口を押さえ、背を丸めていた。

「あっ、あかんな」とつぶやいたのは、出流だった。出流は大股《おおまた》に波鳥に近づくと、彼女の腕をつかんで問答無用で庭の端《はし》につれていった。青海があわてたようにあとを追う。

えた。

「吐いてしもたほうが楽やで」

出流は波鳥をしゃがませ、その背中をさすっている。苦しげに嘔吐《おうと》する声が聞こえた。

「ええから、ぜんぶ吐いてしまい。大丈夫やから」

びっくりするくらい出流の声はやさしい。前に対峙《たいじ》したときは、波鳥を矛《ほこ》の石突《いしづき》で容赦《ようしゃ》なく突いたと澪から聞いているが。

出流はリュックからペットボトルの水をとりだし、波鳥に渡す。

「これで口すすいで。ほい、タオルな」

手慣れた調子で波鳥の口をぬぐっている。漣が近寄ってゆくと、出流は手で制した。

「麻績くん、女の子が吐いてるとこなんか、見たらあかんで。かわいそうやん」

「おまえはどうなんだよ」

「俺は慣れてるから。こんなん、酔っ払いの介抱《かいほう》とおんなじや」

酔っ払いの介抱に慣れているとは……と、疑問に思ったが、なんとなく出流の横顔が質問を拒んでいるように思えて、漣は口を閉じた。

「す……すみません……汚してしまって……」

波鳥が消え入りそうな声を出す。吐瀉物《としゃぶつ》が出流のスニーカーにかかってしまったらしい。「ええよ、べつに」と出流はなんでもないように言って、水でそれを洗い流した。

「顔色ようなったな。もう大丈夫やろ」

吐いてすっきりしたのか、波鳥の顔には血色《けつしょく》が戻っていた。青海が「ありがとうございます」と複雑そうな顔で礼を言う。

「借りひとつ、てことにしといてくれへん？　お兄さん」

抜かりなく言って、出流は笑った。「今度、俺がピンチになったら助けてや」

青海は憮然《ぶぜん》としている。「あの……」と波鳥が声をあげた。「助けてもらったのはわたしなので、なにかあったら、わたしが助けます……」

「君が？　へえ、あんま期待できんけど」ざっくりと失礼なことを言って、出流は笑い飛ばす。「ほな、ちょっとは頼りにしとくわ」

出流はくるりときびすを返し、漣に向き直る。

「麻績くん、この家のこと知りたいんやろ？」

この家、と出流は屋敷を指さす。

「ああ、まあ……それが？」

「ここは俺も前から目ェつけてた幽霊屋敷やから、ちょっとは知ってることあるで。ほら、心霊《しんれい》スポット巡り、俺の趣味やから」

漣は出流の顔を眺める。癖《くせ》のない端整な顔立ちをしているのに、出流の表情からはうさんくさいものが漂っている。

「妹さんは家に帰さなあかんやろ。あれじゃ今日は使いものにならん」

ふり返れば、澪は八尋の車の後部座席に寝かされていた。車のかたわらに高良が立ち、澪の様子を見おろしている。

「ほんでも、麻績くんまで収穫なしで帰るんはもったいない。俺についといで」

漣は思わず八尋のほうを見た。八尋は腕を組んで立ち、澪と漣たちのほう、両方をうかがっている。

「行ってきたら？　僕は澪ちゃんを連れて帰るわ」

八尋は澪のほうを向いたまま言った。漣はとっさに八尋の指示を仰《あお》いでしまったことに忸怩《じくじ》たるものを感じながら、「わかりました」と答えた。

——自分で判断するのが怖《こわ》くなったのだ。

澪が気絶したのは、漣がうかつにあの笊を手にとったせいだろう。危機を察知《さっち》できず、回避もできず、まわりも見えていない。波鳥の様子にも気が回らなかった。

出流のほうがよほど役に立っている。

——だから半人前なんだ。

どこからともなく、そんな声がする気がした。いや、言っているのは、己自身だ。肩が重い。背中に重石《おもし》が乗ったようだった。

黙り込んだ漣に、「麻績くん、どうせまた真面目すぎること考えてるやろ」と出流が笑い、漣の背中をたたいた。


波の音が聞こえる。ざざ……ざざ……と、寄せては返す波の音だ。全身が波音に包み込まれるようで、心地良い。澪は、波間に漂っていた。降りそそぐ明るい太陽の日差し。ゆるやかに揺られる体。髪が水のなかに散らばり、魚たちが寄ってくる。魚の口が肌をつつく。鳥の群れが舞い降りてくる。やわらかな肉体をついばもうと。藻が足に、手に絡みつく。海から逃《のが》れられない。強い潮のにおい。生者《せいじゃ》と死者の混じったにおいだ。死者は海にたゆたい、いずれ失われ、ふたたび生者として戻ってくる。太陽が海に沈み、海に洗われ、ふたたび海から生まれてくるように——。

澪が目を開けると、天井が見えた。もう見慣れているはずの天井なのに、澪は、ここはどこだっけ、と一瞬思った。

——くれなゐ荘の、わたしの部屋だ。

それでも戸惑ったのは、澪は原谷の屋敷にいたはずだったからだ。それがどうして……と記憶を辿《たど》り、思い出したくもないことを思い出した。

——水死体。

そうだった。あれを見て、目の前が真っ暗になったのだ。気を失ったのだろう。思い返すと吐き気がこみあげてきそうになり、澪はあわてて意識をほかに向ける。気を失った澪を、漣たちが連れて帰ってきてくれたのだろうか。ゆっくりと左右に頭を向けても、室内には誰もいない。静かだった。

高良ももういないのか。そう思うと、気が抜けた。落胆《らくたん》、と表せばいいのか。手をついて、身を起こす。室内は明るい。窓が開け放たれて、簾《すだれ》越しに風が通っている。誰もいないと思ったが、布団《ふとん》の足もとに照手《てるて》が丸まって寝ていた。かけられたタオルケットをめくり、立ちあがって部屋を出た。なんとなく、熱を出して学校を休んだ昼下がり、ふと目を覚《さ》ましてしまったときのような、宙ぶらりんのさびしさを覚えていた。

居間《いま》から話し声が聞こえてくるので、そちらに足が向く。居間では八尋と波鳥が麦茶を飲みながら談笑していた。

「お、目ェ覚めたか、澪ちゃん」

八尋が澪に気づいて手をあげる。波鳥が体ごとふり返り、座り直した。

「体のほうは大丈夫ですか、澪さん」

「うん、大丈夫……」

まだ頭がぼうっとしたまま答えて、澪は卓袱台の前に腰をおろす。

「麦茶、飲みますか？　それともあたたかいお茶のほうがいいですか？」

言われて、喉がからからに渇《かわ》いていることに気づいた。麦茶をお願いすると、波鳥がすぐに持ってきてくれる。

「玉青さんも朝次郎さんも、出かけとるみたいなんや。でもよかったわ、それで。またぶっ倒れた澪ちゃん見たら、玉青さんに怒られる」

八尋さんがついていながら、なにしてはったん――と青筋を立てる玉青が澪も想像できて、力なく笑った。いったい自分は進歩しているのか、いないのか。どちらだろう。成長しなくてはならないのに、もどかしい。

「禊《みそぎ》代わりに、シャワーでも浴びてきたらどうや？　埃まみれやろし」

「そうですね……」と答えつつ、澪はあたりを見まわす。「あの、漣兄は？」

「漣くんは、日下部くんと野暮用《やぼよう》。青海くんと高良くんは、八瀬に帰ったで」

澪は目をしばたたいた。「くさかべ……え?」

「あ、そっか。澪ちゃん、気ィ失ってたから、知らへんのやな。日下部くんが現れてな、まあ、手助けしてくれたっちゅうか。ほんで、あの屋敷のことで知っとることがあるみたいやから、漣くんと連れだってどっか行ったわ」

「漣兄と……」澪は眉をひそめた。「大丈夫なんですか、それ」

「小さい子供やないんやから」八尋はあっけらかんと笑う。「漣くんは漣くんなりに思うところがあるやろし、助言を求められる以外はほっといたらええと思てんねん、僕は」

「はあ……」

「漣くん、真面目すぎるとこあるからなあ。案外、日下部くんみたいなんがおるほうが、思い詰めんとええんかもしれん」

――思い詰める。たしかに、漣兄にはそういうところがあるかもしれない……。

ぜんぶ、自分で背負おうとするきらいがある。一から十まで、すべて自分だけで完璧《かんぺき》にできるわけもないのに。

「僕は日下部くんはかわいげがのうて、好きとちゃうけど」

ははっ、と八尋は笑った。

「あの子と比べると、むしろ高良くんのほうにかわいげを感じたわ。人間味というか」

ふと、澪は八尋が彼のことを『高良くん』と呼んでいることに気づいた。前までは、たしか、『千年蟲』と呼んでいなかったか。

そのことに、澪は、胸のなかがふっと明るくなったような、風が吹き抜けたような心地がした。

八尋にすすめられて、澪はシャワーを浴びるために風呂場《ふろば》に向かう。波鳥も八尋もやはりシャワーを浴びたそうだ。たしかに、肌が妙にべとべととして、気持ちが悪い。埃と汗が混じっているのだろうか。

頭からシャワーを浴びて、髪の隅々《すみずみ》まで丁寧《ていねい》に洗うと、衣を一枚脱《ぬ》ぎ捨てたかのように身が軽くなった。着替えのシャツとパンツに身を包み、髪を拭きながら居間に戻ると、「すっきりしたやろ？」と八尋に訊かれた。

「はい。体が軽くなりました」

「あの屋敷、ひどかったでなあ。シャワー浴びてようやく、潮のにおいもとれたわ」

言われて、そういえば潮のにおいが消えていることに気づく。澪は正座をして、タオルで口もとを押さえた。

「……あの屋敷の屋根裏で、わたし」

「気分悪かったら、無理に思い出さんでもええよ。たぶん、波鳥ちゃんが見たのとおなじもん見たんやろ」

はっと、澪は波鳥を見る。波鳥は心持ち青い顔で、「水死体……ですよね？」と小さな声で言った。澪はうなずいた。

「波鳥ちゃんも、見ちゃったんだ」

澪は心底、同情する。だが、波鳥はちょっと首をふり、「見たのは見ましたけど、間近《まぢか》ではなかったので……あの、澪さんはすぐそばで、見てしまったでしょう？」と、気の毒そうに言った。

そうだった。澪は、間近に見てしまったのだ。

強い潮のにおい。膨れた肉に、ふやけた皮膚。濁った瞳――澪は目を閉じ、ふうっと息を吐いた。

「あれも、邪霊と言ったらいいのかな」

澪の言葉に、八尋が「せやろな」と言った。「僕は見てへんけど」

「どうして、わたしと波鳥ちゃんだけに見えていたんですか？」

いや、もしかしたら、高良にも見えていたかもしれない。

「僕らにも見える前に、澪ちゃんたちがさきに見てしもたんかな。澪ちゃんたちのほうが、そういうんは鋭いやろうから」

「巫女だから……？」

「そうそう。ほんで、その土左衛門《どざえもん》は――あ、土左衛門てわかる？　水死体のことな」

時代劇くらいでしか耳にしない単語である。単語自体は知っているものの、なぜ土左衛門と呼ぶのか澪は知らない。

「なんで現れるんか。あれが家を水浸しにしたり、潮のにおいをふりまいたりする元凶《げんきょう》なんか。屋根裏の祠はなんなんか。ざっとこういう疑問があるわけやな」

八尋が指を折りながら、疑問点を数えあげた。

「あと……」

「まだなんかある？」

「あの家のひと――薪倉家のひとたちは、どこからやってきたのか……」

「ルーツか。せやなあ」八尋は腕を組む。「案外、それがすべてにつながるんかもしれん」

「どういうことですか？」

「潮のにおい、海水、土左衛門。どう考えても、薪倉家は海辺から移ってきたひとたちやろ。海辺からわざわざ、あんな山間に。それも、当時はそうとうな隠れ里やで。平家の落人《おちうど》伝説まであるくらいなんやからな」

平家の落人が隠れ住んだ、と言い伝えられたほど、人里離れた土地であったというわけだ。

「――つまり、なにかから逃れて、隠れ住んでいた？」

「うーん」

八尋は首をかしげて考え込む。「せやなあ……うーん、でも……」

「違いますか」

「いや、その線やろうと思うんやけど……ちょっと気になってて」

「なにがですか？」

「笊」

卓袱台を見つめて、八尋はぽつりと言った。

「祠にあった笊。あれが気になっててなあ。ああいうん、どっかで見た覚えがある気がすんねんけど……なんやったかな」

なんの変哲もない笊だった。それが祠に収めてあるというのが、解《げ》せないのだが。

「籠《かご》……だと思えば、魔除《まよ》けでしょうけれど……」

おずおずと、波鳥が口を挟んだ。

「籠？」と澪が訊くと、「籠目《かごめ》です」と波鳥が両手の指を交差させて、×印のような形を示す。

「昔から、籠目文様《もんよう》は魔除けに使われます。籠目がたくさんの目のようで、邪悪なものは、見られることを厭《いと》うから……と」

「笊も、籠の一種だと思えば、ってこと？」

「そうですね」

澪は黙ったままの八尋を見る。八尋は卓袱台の一点をにらむように見すえ、何事か考え込んでいた。

「魔除け……せやな。うん」

ぽん、と八尋は膝《ひざ》を打ち、そのまま立ちあがった。

「ちょっと僕、調べもんするわ。澪ちゃんらは休憩《きゅうけい》。そのうち漣くんがなにか収穫して帰ってくるやろ」

そう言い置いて、八尋はさっさと居間を出ていった。残された澪と波鳥は、顔を見合わせる。

「休憩って……どうする？」

澪は眠っていたので、いまさら休憩もない。波鳥は「あの」と相談事を持ちかけるように身を寄せてきた。

「どうかした？」

「いえ、あの、できればでいいんですけど……」

「なに？」

「……数学の宿題、教えてもらえませんか」

波鳥は眉をさげて、心底《しんそこ》困ったような顔をしていた。

「なにかと思えば」

「すみません……苦手《にがて》なんです……」

波鳥はうなだれている。澪はくすりと笑った。

「いいよ。といっても、わたしも数学はそんな得意じゃないけど。わたしでわからないとこは、漣兄が帰ったら教えてもらおうよ」

「はい」波鳥の顔が明るくなった。「ありがとうございます」

——波鳥ちゃんがいてくれて、よかったな。

と、こんなとき思う。八尋も誰もいなかったら、ひとり、悪いことばかり考えてしまいそうだ。

——高良はどうしているのだろう。

こんなとき。ひとりでずっと、物思いに沈むのだろうか。せめて、話し相手がいればいい。それが、澪であったなら。

——気が紛《まぎ》れるのか、それとも、よけいにつらくなるのか。

どちらだろう。なんでもいい、どんなことでも、話してみたかった。雨宿りをした、あのときのように。

ぐらりと澪の体が傾《かし》いだのを見たとき、高良は全身から冷たい汗が噴き出た。それでも硬直せずにとっさに彼女の体を支えられたのは、ただ意地の為《な》した行動だった。

——何度、こんな光景を目にするのだろう。

抱えた澪の体がちゃんとあたたかく、規則正しい呼吸をしているのを感じて、心底ほっとした。安堵《あんど》は胸を貫く。高良にとって、安堵は肩の力が抜けるのではない。胸を引き絞《しぼ》られて、痛みと苦しみで息がつまる。それほどの思いだった。

車の座席に横たわり、青白い顔をしている澪を見ていると、ずっとそばで見守りたい思いと、いますぐ消えてなくなりたい思いが混ざり合った。

呆然《ぼうぜん》と佇む高良に、車の持ち主である八尋が、

──君は、いまでもずうっと、恋をしとるんやなあ……。

と、感慨深げに言ったのを、どこか遠くで聞いていた。

「今回、澪さんが倒れはったんは、邪霊のせいていうより、水死体を見てしまわはったからやろ。そら、気ィ失《うしの》うて当然や。僕でも卒倒《そっとう》するかもしれん」

縁側に腰かけて、秋生《あきお》が笑う。

「幽霊が卒倒するか」

高良は庭に降りている。あたりはじっとりと湿気に包まれて、鼻も口も覆われるようだった。

「京都の山のなかで、海のにおいのする屋敷いうのも、不気味《ぶきみ》やなあ」

「べつに、不気味じゃない」

「そう？　なんで？」

「ひとが住んでいれば、必ず海とのつながりがある。ひとは塩なしでは生きていけ

ないのだから」

「ああ、そういう。そういえば、昔は塩の行商が山奥まで入っていったもんなあ」

薪倉家というのは、もとはそれを生業にしていたのでは……とも思う。いずれにしても、海とかかわりのある家だろう。

——そして、あの水死体。

あれがどういう意味を持つものか、澪にわかるだろうか。それがわかれば、あの屋敷の邪霊は澪に祓えるだろう。

——育てているつもりか。

悠長なことをしている、と自嘲《じちょう》するときもある。呪いを解《と》く望みなど、とうに捨てたものを。

だが——。

澪は、高良が……いや、巫陽《ふよう》が捨てたものを、ひとつひとつ、大事に拾いあげていこうとしている。当人には、そんな気はないのかもしれないが。

ちりちりと、心臓の表面が焼き焦《こ》げているような心地がする。焦《あせ》りか、もどかしさか、苛立《いらだ》ちか。

だが、あきらめではない。絶望でもない。なにか得体《えたい》の知れない思いが、心臓の表面を焦がしている。

恐ろしい、というのとも違う、だが似ている。もっと、知ってみたい――そう思うような。未踏《みとう》の大地がそこにあるのでは、そんな気分とたぶん似ている。

高良は己の手を見おろして、そっとこぶしを握った。

細切りにした玉葱《たまねぎ》、ピーマン、にんじんといった野菜たっぷりの鯵《あじ》の南蛮漬《なんばんづ》けに、ほくほくのポテトサラダ、白いご飯に刻《きざ》んだ梅干し、大葉、白ごま、じゃこを混ぜたさっぱりとした風味の混ぜご飯、鰯《いわし》のつみれが入った味噌汁。見るからにおいしそうな料理が卓袱台に並んでいる。

今日、朝次郎と玉青夫妻はお墓参りだとかで出かけていたそうで、新鮮な魚をみやげに帰ってきた。忌部《いんべ》家の墓なら京都市内にあるのだろうに、いったいどこへ行っていたのか、わからない。

漣は夫妻が帰宅したあと、戻ってきた。なにかしら収穫はあったらしいが、疲れた様子だったので、話は晩ご飯のあと、ゆっくり聞くことにした。八尋の提案である。

「お腹《なか》が減っとると、かりかりするし、頭も働かへん。まずはご飯、ご飯」というのが八尋の言い分だった。それには澪も同意する。お腹が減っていると、ろくなことがない。

漣はなにを考えているのか、並んだ料理を難しい顔でじっと見つめ、黙々と箸を動かしていた。

漣は、出流の言葉を思い返していた。

——春やと、桜がきれいなんやけどな。

あのあと、八尋たちとわかれて、漣は出流とともに薪倉家を離れた。坂道をくだりながら、出流は遠くのほうを見て、そんなことを言ったのだ。

「桜？　山桜か」

「いやいや、桜の名所があんねん。原谷苑《えん》ていう。春しか開いてへんとこ」

さして興味もなく、へえ、と漣は気のない相槌《あいづち》を打った。

「麻績くんは、花より団子派？」

「べつに、どっちでもない」

出流は笑った。「そう言うやろと思た。ちなみに俺は花のほうがええ」

嘘くさい。出流はなんに対しても関心が薄いように見えた。執着《しゅうちゃく》がない、と言えばいいのか。

曲がりくねった坂道をおりたところに、一台の車がとめてあった。目の覚めるような青いSUV車である。出流はそちらに近づいてゆく。

「車持ってたのか？」

「従兄《いとこ》の。ひとり暮らしの学生が車なんか持っとったら、維持費がかかってかなんわ。——麻績くん、そっち乗って」

漣に助手席に乗るよう指示して、出流は運転席に乗り込む。

「原谷やと、車やないと不便やから、借りてん。でもレンタカーにでもすればよかったわ。こんな曲がりくねった道、こすったりしたら従兄にぶっ殺される」

笑って物騒《ぶっそう》なことを言う。こすったくらいでぶっ殺されはすまい。そう思っていると、出流はちらと漣を見て、薄く笑った。

「麻績くん、世のなかにはな、雨が降ったていうだけで、『おまえのせいや』言うて小さい子でも殴《なぐ》り倒すようなやつもおるから、気ィつけや」

「……おまえの従兄、そんなやつなのか？　やばくないか」

「やばいやつは案外どこにでもおんねん。麻績くんはいままで、そういう非常識な人間に会《お》うたことあんまりないやろ。俺みたいな」

「……べつに、そこまでおまえを非常識だと思ったことはないけど」

いいかげんで、図太《ずぶと》い神経をしているとは思うが。

「そう？　麻績くん、やさしいな」

その口ぶりはどこか馬鹿にしたようだったので、ムッとした。出流は笑う。

「すぐ顔に出る。やさしいて褒《ほ》めてるのに、なんで怒るん」

「もういいから、早く出せよ」

出流はエンジンをかけ、車をスタートさせた。

「その従兄も、そんなに車が大事なら、おまえに貸さなきゃいいだろうに」

「わかってへんな。自慢したいから貸すんやんか。もし傷でもつけたら、それを理由に父親に新しい車を強請《ねだ》れるし」

いろいろと理解不能すぎて、漣はもう黙った。

「いまからどこ行くか、訊かへんの？　どこ連れてかれるかも知らんと、よう乗るなあ」

「おまえが乗れって言ったんだろうが。……どこへ行くんだよ？」

「前に知り合うた爺《じい》さんがおってな、そのひとんとこ。原谷弁財天《べんざいてん》の近くなんやけど」

「知り合ったって、どうやって？」

「花見のときに見つけてん。ほら、前からあの幽霊屋敷は目ェつけとったたて言うたやろ。そやから、ちょくちょくこの辺には来ててん。その爺さんと会うたのは、桜の時季やった」

「その爺さんも、花見に来てたのか」

「花見というか、まあ……」

ふっと、出流は笑った。出流は愛想《あいそ》のいい笑み《え》をするかと思えば冷笑もし、よくわからない笑みも浮かべる。すべてが偽《いつわ》りの笑いかたであるような気もした。

車は住宅街の細い道をゆるゆると進む。京都の街《まち》なかのようなまっすぐな道ではない。だがきれいに整備された街並みで、整然とした印象があった。周囲は山の緑に包まれて、公園では子供が歓声《かんせい》をあげて遊んでいる。のどかな光景である。そのうち車は住宅街を逸《そ》れ、左右に森林の広がる細道へと入る。しばらく行くといくらか開《あ》けた砂利敷きの空き地に着いた。行き止まりらしい。出流はエンジンを切った。

「家もなにもないぞ」

「うん、ないで」

出流は車を降りる。仕方ないので漣も助手席から降りた。濃い緑のにおいがする。まわりには木しかない。

「こっち」

と、出流は木々のほうへと歩いてゆく。獣道《けものみち》でもあって、家にまでつづいているのだろうか。そう思ったが、出流は一本の杉の前で立ち止まった。なんだ——と声をあげかけて、漣もはっと足をとめる。

木の周辺は、下草《したくさ》が旺盛《おうせい》に生い茂っている。暗い緑の葉をした羊歯《しだ》に、熊笹《くまざさ》、薄紫《うすむらさき》の素朴《そぼく》な花姿の山紫陽花《やまあじさい》、ぽつぽつと白い可憐《かれん》な花を咲かせた雪の下。そのあいだに身を潜めるようにして、膝を抱えて座る老人の後ろ姿が見えた。髪の毛は白く薄く、ほとんど生《は》えていない。うなだれたうなじに骨が浮かびあがり、薄汚れた浴衣《ゆかた》に痩《や》せ細った身を包んでいる。

「花見に来て、うろうろしてたときに見つけてん」

出流が言った。「邪霊でも、桜の時季になると浮かれるんやろか。もうちょっとさきの道まで、出てきてたで。あの辺にも桜が咲いててな」

——邪霊……。

そうだ。下草に隠れるようにして座っているのは、紛れもなく、邪霊だった。

漣は出流をじろりとにらむ。「これがなんだって――」

「この爺さん、薪倉家のひとやで」

「えっ」

文句を呑《の》み込んだ。あわてて老人の顔を覗き込む。が、顔を見たところでわかるわけがないのだった。

老人は、ぼんやりとした、洞《うろ》のような目をしていた。口もぽっかりと空いている。あがあがと、唇を震《ふる》わせていた。

漣は思わず一歩さがり、出流の隣に並ぶ。出流が、ぽん、と漣の肩をたたいた。

「どの代のひとなんかとか、詳しいことはわからん。会話もできん。でも、ぼそぼそつぶやいてんねん」

「つぶやく？　なにを……」

出流は口を閉じた。黙って耳を澄ませろということだろう。

――……い……、かんにん……かんにんして……。

垂《た》れこめた雨雲のように低く、湿ったうめき声がかすかに聞こえる。鳥の鳴き声どころか葉擦《はず》れの音ですぐに聞こえなくなる、かすれた小さな声だった。息苦しそうに喘《あえ》ぎながら、老人はうめいている。

──お許し……、……かんにん……。

お許しください。堪忍《かんにん》してください。そう何度も何度も、老人は許しを請うている。漣は息を潜め、じっと老人の声に聞き入った。

──先祖の罪を……薪倉の家の……お許しを……。

「この爺さんはな、帰れへんのや」

ぼそっと、出流が言った。

「病院で死んで、葬式のために遺体は家に運ばれたけど、肝心《かんじん》の爺さんの死霊《しりよう》はあの家の邪霊がはねつけて入れへんかったみたいや。せやから、いまでもこんなとこをうろうろしてる」

「邪霊が……？」

よく見れば、老人が着ているのは左前の経帷子《きようかたびら》だった。薄汚れた浴衣かと思っていた。

「黙って、よう耳澄ませてみ」

「おまえが話しかけたんだろうが」

「ごめんごめん」

漣はふたたび老人の声に耳を傾ける。

──かんにん……おしおいさま……おしおいさま……。

「『おしおいさま』？」

そう聞こえる。ぱっと意味がとれない言葉だ。苗字《みようじ》だろうか。どういう漢字を書くのだろう。

「俺が思うに、それが邪霊の正体《しようたい》なんとちゃう？」

「正体……」

漣は屋敷の屋根裏にあった、小さな祠を思い出す。砂まみれの笊がまるでご神体のように収められていたが……。

笊のことを話すと、出流は首をかしげた。

「なんで笊なん？」

「こっちが訊きたい」

「笊はようわからへんけど、祠があったてことは、屋敷神を祀《まつ》ってたてことやろ」

屋敷神──氏神《うじがみ》や地域の神とは異なり、家独自で祀る神様だ。

「それが『おしおいさま』なんとちゃうかな」

「待て」

漣は手をあげた。

「つまり、神様だっていうのか？　邪霊の正体が」

「神も邪霊もさして変わらんやろ」

「変わるだろ」

「一緒や。どっちも祟《たた》る。ほんで、祀られるのが神様や。祀られることのないんが、邪霊や」

　乱暴なことを言う。

「神でも邪霊でもどっちでもええねん。『おしおいさま』が祟ってる、いうのが肝《きも》やろ」

「……『おしおいさま』って、なんなんだ？」

「いや、知らんよ」

　あっけらかんと出流は言う。

「なんなんかってことは、俺らが考えたところでわからへんやろ、情報も知識もないんやから。無駄や。それより、ともかく『おしおいさま』があかんらしい。ほんで、それは移住してきた薪倉家のご先祖が持ち込んだものやってことや」

「持ち込んだ？」

「当然やろ。この土地にあったもんやない。海辺から引っ張ってきたもんに決まってる。薪倉家はそれを祀ることによって、繁栄したわけや。――そう考えるとな、きな臭《くさ》いやろ？」

「なにが」

「わからんかなあ。繁栄させてくれる神様を持って、よその土地にやってきたんやで。後ろ暗いことがあったんと違う？」

後ろ暗いこと――と言われても、どういうことか、漣には思い浮かばない。

「有《あ》り体《てい》に言えば、よその家が祀ってた神様を奪って持ってきた。あるいは、村の神様を奪って、とか。神様のもたらす富に目がくらんで、独《ひと》り占《じ》めしようとしたんや」

漣は腕を組んで黙る。ぶつぶつとうめいている老人の後ろ姿を眺めた。

「……逆ってことも、あるんじゃないか？」

「逆？」

「逃げてきた。神様から」

「逃げる……なんで？」

「富をもたらす屋敷神なんて、ろくなもんじゃないと相場が決まってる。必ず引き換えにするものがあるはずだ。命だとか、健康だとか。薪倉家はそれから逃れようとして、誰も知らない土地にやってきた――」

「そんなら、祠も捨ててくるはずやろ」

「捨てられない理由があったのかもしれない」

出流は不満げに息をついた。漣は、「いずれにせよ」と言葉をつづける。

「なにかしら神様として祀ってた、というのはたしかだ。薪倉家が海辺から移り住んだと考えるのも妥当《だとう》だ」

――では、あの屋敷の邪霊を祓うには、どうしたらいいのか。

「そこまでわかったら、もうええんと違う？　べつに麻績くんが祓うわけとちゃうやろ、千年蠱の仕事や」

「いや……」

「え？　麻績くんがやるん？」

「いや」

「ああ、妹さんのほう？　どっちにしても、麻績くんにできることはこれ以上ないやろ」

できることはない――という言葉が、思いのほか漣の胸に深く刺さった。

「澪に任せておけるか」

ムスッとして言うと、出流は漣の顔をしげしげと眺めた。

「麻績くん、勘違いしてへん？」

「なにがだよ」

「妹さんより、自分のほうが強いって」

漣は絶句した。出流はちらとうずくまる老人を見やって、「もう帰ろか」と車のほうに歩きだす。漣がぼうと突っ立っているので、戻ってきて腕をつかむ。

「あれについてこられても、困るやろ。行くで」

黙ったままの漣を助手席に押し込み、出流は運転席に座る。

「邪霊が消えれば、あの爺さんも家に戻れて、満足して成仏《じょうぶつ》するやろ」

言いながらシートベルトを締め、エンジンをかける。漣も緩慢《かんまん》な動作でシートベルトを締めた。座席にもたれかかり、ぼんやりと車窓を眺める。緑が流れてゆく。

「……麻績くん、あれやんな、けっこう、打たれ弱いな？」

漣は答えなかった。しばらく沈黙が車中を支配する。漣がふたたび口を開いたのは、疑問が生じたからだった。

「おい、道が違うんじゃないか？」

車は住宅街を抜け、山道をくだってゆくものだとばかり思っていたが、どう見てもさらに山奥へと向かっている。

「この道登ってくと、川の上流に出るんや」

出流はいたってなんでもないように言う。

「上流って……だから、なんでそんなとこに向かってるんだよ」

「幽霊屋敷なんかに入ったあとやねんから、そのまま帰るより、川のきれいな空気にあたったほうがええやろ」

それは一理あるが。漣は出流の横顔を眺めた。出流がそんなことを気にするタイプだとは思わなかったのだ。

「案外、繊細《せんさい》なんだな」

「それ麻績くんが言う?」

出流は笑った。車は峠道《とうげみち》を進み、木々の向こうにときおり川が見える。どこまで行く気なのだろう、と思っていると、二股《ふたまた》にわかれた道の細いほうへと入ったところで、出流は車をとめた。

「ここらでええやろ」

車を降りると、川のせせらぎが聞こえた。出流のあとについて歩いてゆくと、河原に出た。大きな岩がごろごろしている、細い川だ。水深は浅く、水は澄んで透《す》き通り、川底が見えていた。出流は水辺《みずべ》にしゃがんで手を洗い、ついで顔も洗う。漣もそれにならった。驚くほど水は冷たく、手を浸《ひた》すと体の芯《しん》まで澄み渡る気がした。あたりは静かで、ときおり鳥の羽ばたく音や、鳴き声が響く。

「いいところだな」

「せやろ。穴場やで」

出流はタオルで顔を拭き、それを漣に貸す。漣は黙って顔を拭いた。ふう、と息を吐く。胸のうちに淀《よど》んで沈殿していたものが、洗い流されたようだった。

「麻績くんより妹さんのほうが強い、てなこと言うたんは、べつに他意はないねん」

ふいに、出流が言った。漣は出流のほうを向く。

「オナリ神てあるやろ」

「オナリ……ああ、姉妹が兄弟の守り神になるっていう……」

「そう、それ」

男の姉あるいは妹は、男にとって強力な守り神——オナリ神となる。日本の古代信仰である。遠くに旅立つときなど、男はその姉妹から手拭《てぬぐ》いなどを贈られて、それをお守りにする。逆に、兄や弟は女のエケリ神となるが、その力はオナリ神には遠く及ばないとされる。

「妹は兄にとって強力な守り神になるけど、兄は妹にとってたいした力にはならん。そもそもそういうもんや、ってこと」

漣は出流の顔をまじまじと眺めた。

「……もしかして、フォローしてるのか？」

「だって、麻績くん、めっちゃへこむんやもん。びっくりするやん。そんなまずいこと言うたかなて」

「へこんでない」

「意地っ張りやな。どないして励《はげ》まそう思て、俺、めちゃくちゃ焦ってたんやで」

「それで川に連れてきたのか？」

「うん、まあ。ほかに思いつかへんかったし」

気晴らしに連れてこようと思うのが川であるあたり、蠱師《まじないし》の家の人間だなと思う。根元から蠱師の家に染まっているから、知らぬ間に選択肢は限られている。それを不自由だと気づかぬくらい世間が狭ければ、出流も漣も楽だったろうか。

漣は流れゆく川の透明な水を眺める。水は流れていったら戻らない。目にした瞬間には流れていて、おなじ水はそこにはない。

「……水を堰《せ》きとめるのは土だ」

ぽつりとつぶやく。

「水に打ち勝とうと思えば、土がいる。水は海、土は山だ。だから薪倉家は山に移り住んだんじゃないのか」

「あ、なに、またその話に戻るん？　真面目やなあ」

「薪倉家は『おしおいさま』に打ち勝とうとした。だが、できなかった……」

「それで、邪霊が出るようになったと？」

漣は口を閉じる。川のせせらぎが耳に心地よい。じっとりとした湿気もこの場にはなく、ただ清澄《せいちょう》な水辺の空気が川面《かわも》から立ちのぼってくる。なにも淀まずに流れてゆく。この川のようでありたい、とふと思った。

――俺は半人前だ。わかっている。

澪を守ってやれるほど強くない。むしろ、いざというとき守られるのは、漣のほうだろう。それでも――。

腹をくくるしかないのだ。澪はとうにそれをやっていて、漣にまだ覚悟が足りていないだけだ。澪が己の呪いに打ち勝とうと決めた、その選択を見守る覚悟だ。

漣は目を閉じる。川面からゆるく風が吹きつける。涼《すず》やかな風だった。

「……力の弱いエケリ神だって、やれることはあるさ」

ぼそりとつぶやいた声は、川のせせらぎのあいだに流れて、消えていった。

「――『おしおいさま』？」

漣が出流の導きで遭遇《そうぐう》したという、老人の話を聞いて、澪は首をかしげた。波鳥も不思議そうな顔をしている。どこか納得したような顔をしているのは、八尋だった。

「なるほどなあ」

「わかるんですか、麻生田さん」

澪が訊くと、八尋はうんうんとうなずいた。

「僕はあのあと、調べ物するて言うたやろ。それについて調べてたんや」

「『おしおいさま』のことを？」

「いや、というか、あの笊や」

祠に祀られていた、砂まみれの笊だ。

「ああいうやつをな、前にどっかで見たなあと思て、気になっててん。実物を見たんと違《ちご》て、本かなんかで。で、調べとったわけや」

「見つけたんですか」漣が問う。八尋はうなずいた。

「魔除けや、魔除け。海辺の地域のな、風習なんや。あれ、砂まみれやったやろ。砂が重要なんと違うんや。塩や」

「塩？」

「海の塩。あの砂は砂浜の砂や。海の塩がたっぷりついた、波打ち際《ぎわ》の。それを笊に盛って、玄関先にかけておく。出かけるときにつまんでふりかけて、清めの塩として使う。葬式のあとなんかに使う塩とおんなじ用法やな。海の塩ていうんは、清める力があると考えられたから。いちばんええのは、海水につかる――つまり禊をするてことやけど。その代用」

「清めの塩……」

「ほんでな、その砂のことを、『おしおい』て呼ぶんや」

えっ、と澪のみならず漣、波鳥の声が揃《そろ》った。

「『お』は接頭語、『しお』がそのまんま塩、『い』は井戸の井をあてるけど、意味としては忌《い》み、斎《いわい》の『い』や。お塩井。神聖な塩てとこかな。まあ、清めの塩てことやな。ただ、それを『さま』つけて呼ぶ地域は、よう知らん。葬式のときにもらう塩とおなじで魔除けの品物てだけやから、ふつう『さま』はつけへん」

「それを薪倉家では、崇《あが》めて祀っていたことになりますが」

漣が言うと、八尋は「せやなあ」とうなって腕を組んだ。

「どういうことやろ……神格化するほどの神性はないと思うんやけどなあ……」

難しい顔をして、ぶつぶつとつぶやく。たしかに、と澪も思う。あの笊と砂だけで、水死体の説明はできない。もっとなにか——と、澪の胸に訴えかけるものがある。水にふやけて膨れた、無残な顔がさっとよぎる。

「逆に考えたらどうですか」

漣が言った。八尋はつぶやくのをやめて、顔をあげる。

「逆？」

「笊と砂は魔除けに過ぎない。大事なのは、むしろ水死体の邪霊なんじゃ——」

「あっ」

八尋が大きな声を出したので、漣はびくっとして口を閉じた。

「ああ、ごめん。いや、漣くん、それや」

「どれですか」

「いや、せやから、水死体や」

勢い込んで卓袱台の上に身を乗りだす八尋に対して、漣はうしろに身を引く。

「大事なんは、水死体なんや。そうや、なんですぐわからへんかったんやろう。単純なことや」

八尋は自分だけわかった顔で興奮している。「わかるように説明してください」と漣が冷ややかに言った。

「水死体は、豊漁《ほうりよう》の兆《きざ》しや言うて、ありがたがられる風習のあった地域があるんや。『流れ仏《ほとけ》』とか『海仏』とか言われてな。そういう地域では、これに行き会えばまず引きあげる決まりになっとる。逆に、不吉やて忌避《きひ》されて、手も触れずにほっとく地域もあるけど、だいたいは豊漁の前兆とされとる」

「水死体が……ありがたがられる」

そんなことがあるのかと、澪は不気味に思った。

「吉兆、てことやな。縁起物なんや」

「死体なのに……？」

ふつう、死は穢《けが》れであり、忌まれるものである。それが逆転するとは。

「穢れを通り越して、神様になってまうんやな。それだけの呪力《じゆりよく》を持っとるてことや。ほんでな、屍《しかばね》が歓迎される場所は海のほかにもうひとつある」

「ほかにもあるんですか」

「蹈鞴場《たたらば》や」

「たた……え？」

「蹈鞴。製鉄。砂鉄《さてつ》を溶《と》かして鉄を得るところや。わかる？」

「ああ……はあ、まあ」なんとなくではあるが、想像はできる。——が。

「え、そこで屍が歓迎されるって……どういう」

「製鉄の神様——金屋子神《かなやごかみ》は死の穢れを厭わない、むしろ喜ぶとされる。鉄が湧かないときは死体を柱にくくりつけておくといいと言われたくらい。屍が鉄を生むんや。鉄にしろ豊漁にしろ、富を生みだしてくれるものやってことや。そういう風習があった」

屍が富を生む。喜ばれる。縁起物——。

「崇められる……。『おしおいさま』？」

口を突いて出た言葉に、八尋はうなずいた。

「そう、それや。『おしおいさま』ていうんは、笊に盛った砂のこと、ていうのは見せかけで、実際は水死体のことやったんと違うかな」

あの水死体が、『おしおいさま』。澪は口を押さえた。

「薪倉家は、海から引きあげた水死体を拝んどった。流れ仏、海仏として。ほんで富を願った。そういうこととちゃうか」

「で……でも、水死体なんて、ずっと置いておけませんよね」

「髪とか爪《つめ》とか、一部をご神体として保管しとったんかもしれんな」

八尋は平然と言うが、想像するだに、ぞっとする。いい気分のするものではない。

「あの屋敷に現れる水死体は、一体やないていう話やったな。てことは、ようけ集めとったわけや」

——水死体を。

場合によっては、探し求めたのかもしれない。

「……だけど、薪倉家は、山に移り住んだわけでしょう」

漣が口を挟んだ。

「それは、『おしおいさま』との決別だったんじゃないですか」

八尋は「ううん」と悩むようにうなる。

「せやなあ……なにか変化があったのは間違いない。逃げてきたんか、心機一転、『おしおいさま』から離れようとしたんか……」

「でも結局、逃げられなかったんですよね」

澪が言うと、八尋はうなずいた。「せやな」

海から遠く離れた山へと移ってきても、潮のにおいが追いかけてきた。屋敷は海水で水浸しになり、水死体の幻が現れては消える。――どんな気分だったろう。

「やれ流れ仏や、海仏や言うても、陸にあげてしまえば死穢《しえ》のほうが強うなる。そういうことかもしれん」

八尋は卓袱台に頰杖をつき、そんなことを言った。

「バランスてもんがある。力関係ていうんかな。屍には、土の性質がある。土に還《かえ》るからな。土は水を堰きとめるし、いっぽうで金を生む。せやから製鉄の場でも歓迎される。理に適《かな》っとる。理に適わんことをすると、やっぱり歪《ひず》む。水死体は、海におるときは土の性質が水を制御《せいぎょ》すると考えられて、歓迎される。でも陸にあがってしもたら、ただの屍や。あとは土に還るだけなんや。それを歪めてしまえば――」

当然、反発が起きる。穢れも溜まる。その結果が、あの屋敷なのではないか。

だったら――と、澪は思案する。

――歪みをただす。

そうすればいいのではないか。だが、どうやって。

「もういっぺん、あの祠を調べてみよか」

「あの屋根裏の？」

「そや。あそこが邪霊の本丸なんは間違いない。まだなんぞあるかもしれん」

どう思う？　と訊かれて、澪はうなずく。水死体が澪の前に姿を見せたのは、あの場所だ。ならば、そこに意味があるのだろう。

「よし、ほんならそれで決まり。――つぎ行くときは、ご飯抜いて行こか」

そう言われて、澪も波鳥も、神妙な面持ちでうなずいた。


一週間後の日曜日、ふたたび高良を乗せた青海の車がくれなゐ荘まで迎えに来た。前回同様、澪と波鳥がその車に乗り込み、漣は八尋の車で薪倉家へと向かう。

後部座席に乗った澪の顔を、隣に座る高良は、しばしじっと眺めていた。

「……体調は、もういいよ。大丈夫」

澪がそう言うと、無言で視線を前方に向ける。表情には出さないが、彼がつねに澪の体調を気にしているのは、わかっている。高良の目の前で気を失うはめになったのは、失態だった。

「薪倉の家は、九州の漁村の出だ」

高良が口を開いた。「時間はかかったが、和邇の伝手《つて》で青海が調べた」

澪は運転席の青海を見やる。青海は軽くうなずいた。

「はじめは鮑《あわび》をとる海人《あま》だったが、それが鮑の買い上げ問屋にまで成り上がった。成り上がるまで、あるいは成り上がってからも、いろいろとかんばしくない真似《まね》をしたらしい。邪霊に憑《つ》かれているのはその罪業《ざいごう》だろう」

「かんばしくない真似って……？」

「さあな。細かな所業は問題じゃない。一族は業《ごう》から逃れようと故郷を捨てた」

——でも、逃れられなかった。追いかけてきた。どこまでも。

遠く離れた、京都の山中にまで……。

「薪倉家は故郷を離れて、塩の行商で京都まで流れてきたようだ。そしてあの山中に落ち着いた。それから薪の商売に切り替えた。いっそ、もっと早くに海と手を切っていれば、違ったかもしれないが」

海辺で生きてきた者が、まったく違う商売に身を染《そ》めるのは、並大抵《なみたいてい》のことではあるまい。だがつながりを断《た》てなければ、邪霊からも逃れられない、ということか。

気づくと、高良が澪を見ていた。

「どうするつもりだ？」

どう祓うのか、という見通しを訊いているのだろう。

「ええと……、まずはまた、あの屋根裏の祠を調べる」

「それで？」

「邪霊を祓う手がかりがあれば――」

「なかったら？」

う、と言葉につまる。「そうなったら、いったん撤退だろうけど」

行き当たりばったりかとなじられるかと思いきや、高良は納得したようにうなずいた。「退《ひ》くのは大事だ」

「そう？」

「退く判断が遅いと死ぬ」きっぱりと言う。「つねに退路を考えて行動すべきだ。とくにおまえは」

「ふうん……わかった」

高良の思考の基準は、澪が無事であることらしい。

原谷の屋敷に到着すると、すこし遅れて八尋の車もやってくる。前回同様、青海を外に残し、なかへと入ることにした。

屋敷のなかは、相変わらず薄暗い。漣を先頭にまっすぐ屋根裏を目指す。八尋が外の青海と協力して、雨戸を端から外しつつ、あとをついてくる。屋敷の奥へと進むにつれて、潮のにおいが濃くなってゆく。座敷へと足を踏み入れ、板戸を開けて階段をのぼる。階段に手をついてのぼっていた澪は、さら……と指先に髪の毛が触れて、ぎくりとした。自分の髪ではない。邪魔《じゃま》にならぬよう、いまはうしろでひとつにくくっている。暗がりのなかで、階段の端に、黒い髪の毛の束《たば》が一瞬、見えた。それはすぐに引っ込んで、見えなくなる。澪は呼吸を乱さぬようにして、足をとめず階段をのぼった。

屋根裏は、前に来たときと変わらない光景だった。埃っぽく、ふたたび蜘蛛の巣が細かく張っている。笊は祠の前に落ちていた。漣が無言のままそちらに歩みより、しゃがみ込む。祠の扉は前回、開けたときからそのままになっている。漣はそこに手を伸ばすことなく、ただじっと見つめていた。澪も近づき、おなじようにしゃがみ込む。祠のなかは、暗く淀んだ邪霊に満ちていた。ゆらりと陽炎が揺らめき、渦《うず》を巻いている。目を凝らすと、暗闇の奥になにかあるのがわかった。前回は、笊のほか、なにもなかったはずだ。すこし身を乗りだし、凝視する。ちらり、ちらりと揺らぐ陽炎のあいだに見え隠れするもの。はっと息を呑んだ。

――髪の毛。

黒々とした髪の毛の束が、いくつも積み重なっているのだ。瞬間、背筋に冷たい氷をあてられた気分になって、澪はぶるりと震えた。

「八尋さん、髪の毛があります。たくさん」

漣が静かに八尋に告げる。階段をあがったところにいた八尋は、「水死体から切ったもんやろなあ」となんでもないように言った。

「それがご神体や」

漣も澪も、沈黙する。水死体から髪を切り、集めた。ご神体などと呼べない、禍々《まがまが》しい気配を放つもの。

澪は腰をあげると、祠の前から離れた。屋根の穴から陽がさしている、すこしばかり明るい場所へと移動する。梁をまたぎ、柱に手を添え、寄りかかる。

――どうして、あんなもの。

逃げてきたのなら、あんなものは捨ててくるべきだったろうに。なぜ後生《ごしょう》大事に、祠に祀ってあるのか。逃げてきたのではなく、移り住んでからも信仰していたのか。

「どうして、あんな……」

つぶやいたとき、すぐそばでか細い、かすれた声がした気がして、澪は背後をふり返った。声をあげそうになったのをこらえる。陽の届かない薄暗いところに、誰かが正座している。きっちりと両手を膝にのせて、うつむいている。縞《しま》の木綿を着た、太った男だ。――いや。太っているのではない。膨らんでいるのだ。土気色《つちけいろ》の皮膚が、ふやけて膨らんでいる。うつむいた頭は暗がりに呑み込まれ、判然としない。だが、どうも髪がざんばらに散っているように見えた。その髪のさきから、ぽたり、ぽたりと雫《しずく》が滴《したた》っている。小袖も濡れそぼり、板間が水浸しになっていた。

澪は息を整え、こみあげてくる胃液を押し戻した。震える唇を噛みしめる。

――おしおいさまが……許してくれぬので……。

消え入りそうなか細い声がした。はああ、と深くため息をつく気配がある。ぶよぶよに膨らんだ男は、打ちひしがれたようにうなだれていた。

――捨てても……捨てても……戻ってくる。燃やしても、燃えない。もっと集めよと……われを崇めよと……。

澪はその声に耳を澄まして、眉をひそめた。

「『おしおいさま』が、水死体の髪の毛を集めろと命令するの?」

男は言葉をとめる。澪に声が届いたのをたしかめるかのように、すう、と顔をあげた。澪はぐっと奥歯を噛みしめる。男の顔はやはり膨れあがり、目のあったはずのところはただ黒い洞《うろ》となり、唇は失われ、歯がむき出しになっていた。奥歯を噛みしめても震えがとまらない澪の手を、あたたかい手が握った。見れば、高良がそばにいた。

「おまえの名は」

高良は短く男に問いかける。男は、うう、とうめいたあと、かっと口を開いた。黒い空洞がそこにはあった。

「富五郎《とみごろう》」

ゆっくりと、泥を吐き出すように男は言った。

「富五郎」高良はその名をくり返す。「おまえは、『おしおいさま』に囚《とら》われているんだな」

ああ、うう、と男はうめく。

「ならば、語れ。『おしおいさま』とは、何者だ」

ごぼごぼ、と水が泡立《あわだ》つような音がした。男の喉から聞こえている。男は喉をそらして、口から水を吐き出した。それと同時に、男の声がする。水とともに、男は声を吐き出している。それが言葉として聞こえてくる。澪の耳に、遠く、波の音が聞こえはじめた。見たこともない海辺の、漁村の光景が脳裏《のうり》に広がる。男の語る言葉が、目の前で起きたことのように見えはじめる。高良が澪の手を強く握った。しっかりしろ。そう言われているような気がした。澪は男を眺めて、彼の語る話に意識を向けた。

富五郎は、舟で育った。母も父も鮑とりの海人だった。定住地は持たず、浦から浦へ、鮑を求めて移り住んだ。上に姉がひとりいたが、物心ついたときには働きに出たか嫁に行ったかで、いなかった。ほかの兄姉《きようだい》は皆育たず死んだ。下に弟と妹がひとりずついて、世話をするのは富五郎の役目だった。子供たちは皆、乳《ちち》のにおいよりも潮のにおいが染《し》みついていた。

鮑は鮑問屋が買い上げるが、文字も知らぬ海人たちはいいように安値で買いたたかれていると、父の七兵衛《しちべえ》はいつもこぼしていた。といって、文字を教わるあてもなく、昨日より多く鮑がとれればすぐ酒代に変わった。潮と酒のにおい。子供のころの富五郎の記憶に深く根付いているのは、そのふたつだった。

転機が訪れたのは、あるひどい時化《しけ》のあとの漁でのことだった。潜《もぐ》るために舟を出すと、波間に屍が漂っていた。時化で難破した船の水手《かこ》あたりだろうと、七兵衛は手を合わせて屍を引き上げた。その日の漁は、異様なくらい鮑がとれた。すべて酒代にまわすのは惜《お》しいと思うくらいの儲《もう》けが出た。

その後も、鮑はよくとれた。七兵衛は銭《ぜに》を貯《た》めることを覚えた。なぜこうも豊漁となるか、水死体を引き上げたおかげかと、いろいろと周囲には訝《いぶか》られたが、七兵衛は薄笑いを浮かべるだけで答えなかった。

富五郎は、知っていた。父は、引き上げた屍から、髪の毛をひと束、切り取っていた。なぜ父がそんな真似をしたのか、富五郎にはわからなかった。だが、あるとき酔った父が言った。

――あの骸《むくろ》が、俺に髪を切れと言ったのだ。

髪を切って祀れと。そうすれば、これからも豊漁を約束してやる。そんなことをささやいたのだという。

――あれは、『おしおいさま』だ。

父は、そう名づけた。本来、『おしおい』は軒先《のきさき》に吊《つ》るした笊に入れた、清めの塩砂だ。なにを思ったか、父はその名を用いた。穢れた屍ではなく、清らかな神様だとでもいう意味か。名前を与えて、髪の毛を崇め祀った。富五郎はぞっとした。

――『おしおいさま』は、これからも俺に富を与えてくれる。大事な、大事な俺の神様だ。

父の目はらんらんと輝き、頬は火照《ほて》っていた。その言葉のとおり、それからも鮑はよくとれた。七兵衛は、そのうち豊漁だけでは満足しなくなった。あるとき、また時化になった。まだ波も静まらぬ間から、七兵衛は舟を出した。漁のためではない。

——また『おしおいさま』がやってくれば……もっと……もっと……。

祈りが届いたかのように、七兵衛はふたたび水死体を見つけた。嬉々《きき》として屍を引き上げる父の顔は、異様だった。

七兵衛はまた水死体から髪を切り、前の髪の毛とともに袋に入れて、肌身離さず首からさげていた。鮑はさらにとれた。

そのときから、七兵衛は水死体を求めて海上に目を凝らし、浜に屍があがったと聞けば駆けつけ、髪の毛をこっそり頂戴《ちようだい》するようになった。七兵衛の袋は膨らんでいった。

富五郎は、舟にいるとき、声を聞くようになった。『おしおいさま』の声だ。

——もっと富をやろう……。

甘くとろけるような声だった。その声を聞くと、頭のなかが痺《しび》れたようになる。足の裏と、手のひらの表面が熱くなり、じっとしていられなくなる。父にもこの声が聞こえているのだろう。

七兵衛はさらに熱心に水死体を求めた。だが、そうそう得られるものではない。

ある日、鮑をとりに潜った母が、そのままあがってこなかった。七兵衛はともに潜っていた。しばらくして波間に母の骸が浮いた。溺れ死んだのだった。

七兵衛は母の髪を切って、ほかの髪とおなじように、袋に詰めた。

七兵衛は、鮑問屋になった。そうするあいだにも、水死体の髪は増えていった。

七兵衛は屋敷を構え、大仰《おおぎょう》な祠を作って、髪を供えた。海に潜って鮑をとることは、もうなくなっていた。

古参の鮑問屋と七兵衛のあいだで、揉《も》め事が起きた。この藩にとって鮑は地元で食べられるものではなく、大事な財源となる産物である。干鮑《ほしあわび》は長崎へ送られて、俵物《たわらもの》――貿易品となる。七兵衛は便宜《べんぎ》を図《はか》ってもらおうと、こっそり役人に取り入ろうとした。それが発覚して、七兵衛は問屋仲間からはじき出されようとしていた。

七兵衛は、夜な夜な浜辺をさまよった。磯《いそ》を歩きまわり、暗い海に目を凝らした。黒い海を漂う白い屍がないかと、血走った目が、右に、左にぎょろぎょろと動いた。富五郎は必死に父をとめた。岩場でふたりはもみ合い、七兵衛は、富五郎を海へと突き落とした。

冷たい海に落ちる瞬間、父のぎらぎらと血走った目と、震える唇を見た。父は笑っていた。母を殺したように、息子をも殺すのだ、と、富五郎は悟《さと》った。

水に包まれて、暗い海に沈んだ。喉から水が入り込み、すぐに息ができなくなる。指先が凍《こお》るように冷えて、かじかむ。もがいているのだろうに、どこか動きは意識とつながらず、全身が痺れたようだった。ひどく寒い。耳の奥が痛い。月明かりが消えて、目の前が真っ暗になった。だが、富五郎はすぐに潮の動きを感じとる。魚がそばを泳いでいる。藻が漂い、手足に絡みつく。魚も藻も富五郎を拒絶しない。富五郎は骸となって、海と一体になった。富五郎は潮の一部だった。寒さは感じなくなっていた。むしろ、あたたかい。ゆらゆらと、昼日中《ひるひなか》の海にたゆたっているようだった。このまま漂い、いずれ消えてゆく。海へと還る。富五郎は自然とそれを受け入れた。――だが。

まどろみは突如として破られた。富五郎の屍は、七兵衛が舟へと引き上げた。月明かりが、荒い息を吐いて富五郎を引き上げる七兵衛の顔を照らし出す。らんらんと光るまなこ、よだれを垂らさんばかりに開いた口、歓喜に歪《ゆが》む頬。鬼がいる、と富五郎は思った。

七兵衛は富五郎の髪を切り取り、袋に詰めた。満足そうにほくそ笑んでいた。富五郎の魂《たましい》は海に溶けて消えることもできず、その袋に囚われた。『おしおいさま』に、囚われたのだ。

——あれは、鬼に違いない。

富五郎を捕らえているもの。七兵衛をそそのかしたもの。あれは単なる水死体などではなく、なにかべつの、化《ば》け物だったに違いない。

富五郎の骸を引き上げ、屋敷へと運んだ晩、屋敷は焼けた。

富五郎の枕辺《まくらべ》に灯《とも》されたろうそくが倒れて、火がついたのだ。それは富五郎の一念だった。すべて燃やしてしまおう。そう願った。

七兵衛は焼け死んだ。祠も焼けた。だが、袋に集めた髪の毛は焼けなかった。

富五郎の弟が生き残った。妹は、すでに嫁《とつ》いでいる。弟は、『おしおいさま』におののき、波打ち際の砂を掻《か》き集め、笊に盛って、土地を離れた。魔除けのために砂を持っていったが、かえってそれが『おしおいさま』を呼び寄せた。何度捨てても、寺に預けても、髪の毛は弟のもとに戻った。弟のあとには、富五郎をはじめ、水死者がついて離れなかった。彼らすべてが『おしおいさま』と一体となっていた。

いまだに、『おしおいさま』は富五郎の耳もとでささやきつづける。

——もっと富をやろう。だから、屍を集めよ……。

話を聞き終えたとき、澪は気づいた。正座し、うなだれる富五郎のうしろに、まだ誰かいる。何人も。水を吸ってぶよぶよに膨らんだ白い体で、やはり正座して、並んでいる。暗がりに座り込み、うなだれている。潮のにおいが強く漂った。

——彼の父親は、邪霊に魅入《みい》られたのだ。

よこしまなささやきに耳を傾けてしまった。水死者の髪を集めるほどに、『おしおいさま』はさらに邪悪に、力をつけていったのだろう。

「……名を与えることは、力を与えることでもあるが、拘束《こうそく》することでもある」

高良がぼそりと言った。立ちあがり、うしろへとさがる。澪もそれにならった。高良は握っていた澪の手を放して、祠のほうへと目を向ける。

「どないした？」

八尋がけげんそうに問う。漣と波鳥も不思議そうな顔をしている。澪と高良のほか、富五郎の話を聞いた者はいないようで、しかも話は一瞬のあいだのことだったようだ。

「『おしおいさま』は……水死者の集合体みたいです。最初の水死体を引き上げたときに、そそのかされて、髪を集めはじめて――」

澪はつっかえながら富五郎の話を語った。八尋は表情を変えずに聞いているが、漣は眉をひそめている。波鳥は泣きそうな顔をしていた。

「最初のそれが、たちの悪い邪霊やったんやろうけど」

八尋は頭をかく。「それにしても、まあ……集合体は面倒やな」

「たいしたことはない」

涼しい顔で言ったのは、高良だった。

「名を持たない邪霊ほど厄介じゃない。神でもない。たちの悪い邪霊というだけだ」

言って、高良は澪を見た。どうする、と目が問うている。澪は考え、考え、口を開いた。富五郎の語ったことを思い返す。

「富五郎……さんは、『おしおいさま』に囚われてしまった……んだよね。ほんとうなら、成仏するはずだった。ほかの水死者もおなじかな。それなら、彼らを捕らえている『おしおいさま』のくびきさえ解けば、彼らは成仏できる……？」

高良は黙ってうなずいた。正解らしい。

富五郎たちを捕らえているのは、八尋が言うところの『たちの悪い邪霊』だ。

「だったら、たちの悪い最初の邪霊を祓えばいい、ってことだよね」

――では、そのためにどうすればいいか。

「本質を見ればいい」

高良が言う。本質、と澪はつぶやく。あっ、と声が洩れた。

――やれ流れ仏や、海仏や言うても、陸にあげてしまえば死穢のほうが強うなる。

――陸にあがってしもたら、ただの屍や。

そんなことを、八尋が言ってなかったか。

水死体は豊漁の兆しといっても、陸にあがれば、屍は屍。穢れでしかないのだ。

――穢れ。

穢れならば、清めればいい。

「穢れを清めるのって……塩？」

「塩では足りない。塩は神たり得ないからだ。なぜ塩に清めの力があるかと言えば、太陽の力を得ているからだ」

「太陽の力……？」

「太陽は海に死に、ふたたび海から生まれる。陽《よう》の力が海には注ぎ込まれている。だから海の塩は陽の力を持っている」

——つまり。

「清めの力をいちばん持ってるのは、太陽ってことね」

高良はうなずいた。彼は澪からさらに離れて、距離をとる。

「俺は穢れだから、近くにいないほうがいい」

その言葉に、ずきんと胸の奥が痛んだ。

——あなたは穢れなんかじゃない。

そう口からこぼれかけて、澪は唇を噛んだ。ふう、と息を吐く。いまやるべきことをやろう。そう決めて、澪は屋根裏の中央あたりに進んだ。そばに波鳥がいる。神を降ろしても、己を見失うことはない。あとは呼ぶだけだ。屋根裏の四方には暗闇がわだかまり、邪霊がうごめいているのがわかる。ゆらりと黒い陽炎が揺らめき、澪に近づこうとする。鋭く風が吹いて、陽炎が散った。雄々《おお》しい狼《おおかみ》の姿がある。颪だ。よけいな邪霊は、漣が蹴散《けち》らしてくれる。放っておいていい。

澪は息を吸い、名を呼んだ。

「雪丸」

瞬間、澄んだ空気が広がった。宙に白い狼が現れ、くるりと舞う。雪丸は鈴に姿を変えた。鈴が左右にゆっくりと揺れる。澄み切った音が響き渡る。鈴の音《ね》に導かれて、神がやってくる。日神《ひのかみ》である天白神《てんぱくしん》が。

強烈な白光《びゃっこう》があたりに満ちた。とても目を開けてはいられないほどの光、だが目を閉じても体の隅々まで白々と満たされるような光だ。瞼《まぶた》の裏がまばゆい白に埋《う》め尽くされる。身も心も光に包まれる。心地よい清澄な光だった。

白光は、片端から黒い陽炎を照らし、包み込み、消してゆく。揺らぐ陽炎は煤《すす》のようになり、次いで淡い靄《もや》のようになり、薄れて消える。それは澄み切った風が埃を一掃《いっそう》するのと似ていた。

澪はゆっくりと目を開ける。あたりは一枚、薄い膜を剝《は》いだように、明るくなっていた。隅にわだかまる黒い陽炎もなく、もちろん水死体の姿もない。祠を見れば、髪の毛の束は影も形もなかった。あたりを包むのは、ただ健《すこ》やかで澄んだ明るい昼の光である。

――富五郎たちも、成仏したのだろうか。

そうなのだろう。潮のにおいは、もうしない。澪は深く息を吐いた。

ふり返り、高良のほうをうかがう。高良は澪と視線が合うと、ちょっと目をしばたたいた。まぶしげな表情にも見えた。

「だいぶ板についてきたなあ、澪ちゃん」

八尋が評する。

「雪丸は、ちっともなついてくれませんけど……」

「そんなもんや」と八尋は笑うが、その肩には松風がちょこんと乗っているので、ずるいと思う。

必要なときに姿を現すだけである。

漣がさっさと階段をおりてゆく。澪はそのあとを追い、「漣兄、ありがとう。さっき——」と言い終わる前に、漣は「べつに」とそっけなく言った。

——漣兄がいると、心強い。

そう思うのだが、口には出せずにいる。

外に出ると、相変わらず蒸し暑い。青海が澪に向かって一礼する。ふと、蝉《せみ》の鳴き声がうるさく響いていることに気づいた。空を仰ぐ。白い入道雲が青空に湧き立っている。梅雨が明けた、そんな気がした。

＊

漣はときおり、鴨川《かもがわ》にやってくる。鴨川というか、高野《たかの》川と賀茂《かも》川が合流する地点だ。なぜか妙にそこが好きだった。悠々と流れる川面は夏の陽に照り輝き、目を細めなくてはいられない。観光客が飛び石の上に立ち、カメラを構えていた。じっとりと暑いなかでも、川縁《かわべり》はいくらか涼しい。

「なんで来なかったんだ？」

漣は、隣に佇《たたず》む出流に訊いた。原谷の薪倉家で邪霊を祓ったのは先週のことで、そのとき出流は現れなかった。千年蠱を見張っているはずなのに。

「サボり」

出流は端的に答えた。笑っている。

「毎度毎度、千年蠱ばかり追いかけてられへんわ。あほらしい」

いいかげんな男である。すこしばかり、うらやましいと思ってしまうほど。

「あの屋敷も、幽霊屋敷でなくなってしもて、つまらんなあ」

「そんなもん、ないほうがいいだろうが」

くっくっと出流は肩を揺らして笑った。「真面目やなあ」

「おまえが不真面目すぎるんだよ」

「俺と麻績くん、足して割ったらちょうどええくらいの真面目具合になるんかな」

「ならない。ひとは楽なほうに流れるから、不真面目が勝《まさ》る」

出流はおかしそうに笑っている。

「その真面目な麻績くんが、今日はなんで俺をご飯に誘ってくれたん？」

今日、漣は出流を昼食に誘った。

「べつに、たいして意味なんかない」

「ふうん。まあ、友達やもんな」

出流に肩をたたかれる。漣はその手を払いのけた。

「もう夏やなあ」

漣の態度をまったく意に介した様子なく、出流は目を細めて川を眺める。ふいに、はっとするほど涼やかな風が吹いて、漣は瞠目《どうもく》した。

澪はひとり、狸谷山不動院《たぬきだにさんふどういん》に向かっていた。鬱蒼と茂った木々から、蟬の声が降るように響いている。命を燃やして鳴くその声のすさまじさに、さしもの邪霊たちも木陰《こかげ》に身を潜め、静まりかえっているようだった。木漏《こも》れ日の落ちる道を歩き、不動院の石段に辿り着く。足をとめた途端、汗が首筋から噴き出てきた。タオルを持ってくるのだった、と後悔しつつ、手の甲で汗をぬぐう。石段の端に腰をおろして、すこし休むことにする。ふう、と息をついて頭上を仰いだとき、背後の人影に気づいた。ふり返ると、高良が石段に立っていた。

高良は無言で石段をおり、澪の座っているところより二段ほど上まで来ると、そこに腰をおろした。

「なにしに来た」

「なんとなく、お詣《まい》りに」

高良はじろりと澪を見おろした。澪は目をそらす。嘘である。ひとりでうろついていれば、高良が現れるだろう、と思ってのことだった。

相変わらずの制服姿で、この蒸し暑さのなかでも涼しげな顔をしている。その顔を澪はしげしげと眺めた。

「あなたって、暑いとか、寒いとか、そういうのは、感じるの？」

そう問うと、高良はけげんそうな顔をする。

「当たり前だろう」

「だって、汗もかいてないみたいに見えるから」

「かいてる。暑い」

――そうなのか。

高良の口から『暑い』などという言葉を聞くとは思わなかったので、澪はすこし驚いた。

澪は立ちあがると、階段をのぼって高良の隣に腰をおろした。

「暑いのと、寒いのとでは、どっちが嫌《きら》い？」

「どちらも好きじゃない」

「そんなのわたしだってそうだけど」

「――限度があるが、暑いほうが、動けるだけまだましだ」

もう答えないかと思ったが、意外にも高良は言った。「寒さは生き物の動きも感覚も鈍《にぶ》らせる」

「へえ……」

「なんでそんなことを訊く」

澪はちょっと黙った。

「なにも知らないから……なんでも知ってみたいと思って」

高良は目をしばたたいた。無表情のなかに、戸惑いの色を見せる。

「知ったところで、仕方ないだろう」

「どうして？　知りたいと思う感情に、仕方ないもなにもないでしょ」

高良は眉をよせた。「……おまえはほんとうに、口だけは達者《たつしゃ》だな」

己の減らず口は、小さいころから漣と言い合いをしてきたせいだと澪は思っている。

「言いたいことも言わずに黙ってるのは、性《しょう》に合わないの」

ムスッとして言う澪に、高良は不思議と、すこし笑った。つぶやきが洩れる。

「え？　なに？」

「いや……」

高良は口を閉じて、視線をそらした。木陰が横顔に落ちる。澪は陰影の揺らめくその横顔を見つめた。かすかなつぶやきを、澪の耳はとらえていた。

――多気《たき》も、そんなことを言っていたな……。

ひっそりとした冷たい影が、ふと胸に差し込んだ。

高良にとって、澪は多気女王《たきのおおきみ》だ。だが、澪は彼女を知らない。欠片《かけら》も記憶にない。

――わたしは、多気女王のレプリカじゃない。

そう思うが、いっぽうで、レプリカじゃないなら、なんなのだろう、とも思う。じゃあ、高良は。巫陽は。わからなくなってくる。

蟬の声が遠くなる。葉擦れの音が響き、木陰が揺れる。高良の白い頰に、木漏れ日と影がまだら模様《もよう》を作る。澪の顔にも、おなじような模様ができているだろう。視線が交わる。高良の瞳はどこまでも深く、同時にどこまでも澄んでいた。

本書は、書き下ろし作品です。

著者紹介
白川紺子（しらかわ　こうこ）
1982年、三重県生まれ。同志社大学文学部卒業。雑誌「Cobalt」短編小説新人賞に入選の後、2012年度ロマン大賞を受賞。
著書に、「後宮の烏」「京都くれなゐ荘奇譚」「下鴨アンティーク」「契約結婚はじめました。」シリーズのほか、『三日月邸花図鑑』『九重家献立暦』『花菱夫妻の退魔帖』『朱華姫の御召人』などがある。

ＰＨＰ文芸文庫　京都くれなゐ荘奇譚㈢
霧雨に恋は呪う

2023年３月22日　第１版第１刷

著　者　白　川　紺　子
発行者　永　田　貴　之
発行所　株式会社ＰＨＰ研究所
東京本部　〒135-8137 江東区豊洲5-6-52
文化事業部　☎03-3520-9620（編集）
普及部　☎03-3520-9630（販売）
京都本部　〒601-8411 京都市南区西九条北ノ内町11
PHP INTERFACE　https://www.php.co.jp/
組　版　朝日メディアインターナショナル株式会社
印刷所　株式会社光邦
製本所　株式会社大進堂

ISBN978-4-569-90290-6

京都くれなゐ荘奇譚

呪われよと恋は言う

白川紺子 著

女子高生・澪は旅先の京都で邪霊に襲われる。泊まった宿くれなゐ荘近くでも異変が……。「後宮の烏」シリーズの著者による呪術ミステリー。

PHP文芸文庫

京都くれなゐ荘奇譚（二）

春に呪えば恋は逝く

白川紺子 著

自らにかけられた呪いを解くため京都で暮らす澪。邪霊に襲われる澪を助けてくれる少年の正体と目的とは？　呪術幻想ミステリー第二弾！

PHP文芸文庫

怪談喫茶ニライカナイ

蒼月海里 著

「貴方の怪異、頂戴しました」――。怪談を集める不思議な店主がいる喫茶店の秘密とは。東京の臨海都市にまつわる謎を巡る傑作ホラー。

PHP文芸文庫

贋物《がんぶつ》霊媒師

櫛備《くしび》十三《じゅうぞう》のうろんな除霊譚

阿泉来堂 著

「どうか、ここから消え去っていただけないだろうか、この通りだ」霊を祓えない霊媒師・櫛備十三が奔走する傑作ホラーミステリー！